Kagurazak
konyakuh

Crossnovels

Ritsu

いいね！ **MasamiKutsuna** 他 28 人

#りおりつ　#結婚しました　#これからもよろしくお願いします
#猫たちはお留守番

Makoto Kirie & Ryou Mizukane

神楽坂律は婚約破棄したくない！

切江真琴
NOVEL Makoto Kirie
みずかねりょう
ILLUST Ryou Mizukane

CROSS NOVELS

contents

CROSS NOVELS

神楽坂律は婚約破棄したくない！

1

生まれる前から許婚がいる人間というのはこの世にどのくらいいるのだろう。神楽坂律《かぐらざかりつ》は二十八歳まで生きてきて、自分以外でそういう境遇の者を見たことがない。

「ほら律、急いで」

艶《つや》やかな飴色《あめいろ》の廊下の先を行く母親がおっとりと振り向く。まったく急いでいる感がないのに着物の裾から覗く足さばきは軽快で素早い。さすが料亭の女将《おかみ》、と感心しつつ、律はそれに従う。約束の時間にはまだ十分近くあるが、タクシー乗車中に先方から「今着いた」と連絡が入ったため母親の気は逸《はや》っているようだ。先導する案内人もそれに釣られてか、やや早足である。

——一応は見合いってことになるのかな？

旧華族の洋館を改築したレストランの個室で、律は本日初めて件《くだん》の許婚と顔を合わせることになる。まさか本当に見合いが実現するとはな、とか、断ったらダメかなとか、そういや母親にはゲイだとカミングアウトしてなかったとか、頭の中は様々な思いでいっぱいだが、それを顔に出すほど律も子供ではない。名門女子校育ちで夢見がちなお嬢様だった母親が親友とした「子供が生まれたら結婚させましょう」なんて約束を真っ向から否定していた中学生時代はもう遠い昔のことだ。

よくよく考えれば許婚だなんだといいながら、幼い頃に顔合わせしたわけでもないし、母親同士もこの数年はメッセージアプリや電話でしかやり取りできていないという。そんな状態だから、すでに手を離れた歳の子供についてなど話題にしていないだろう。

――だから許婚続行ってことはないと思うんだよね。

律としては、この顔合わせは実は母親がちょっといいレストランで久々に親友と会うための口実でしかないと踏んでいる。

「小さい頃の写真しか知らないけど、りおちゃん、どんな子かしらね？　気が合うといいわねえ」

「……そうだね」

口実のはず、だよな？　とやや不安になる律の前で案内人は歩みを止めた。恭《うやうや》しい礼と共に「こちらでございます」と重厚な樫扉《かしど》が開けられる。

まず目に入ったのは正面の大きな窓だ。桟《さん》で三面に区切られたガラスの向こう、春には満開になるのだろう桜が紅葉して茜色《あかねいろ》に染まっている。窓辺にはグリーンのベルベット生地が貼られた長椅子が置かれ、さらに手前へ視線を戻せばドアの正面には真っ白なクロスのかかった広いテーブルが据えられている。その右側の座席に――律の二十数年来の許婚はいた。

アップバングで整えられた黒髪。ブラウンジャケットに同系色のパンツ、ブルーのシャツ。きれいな頬のラインを描く顔は、鼻筋の通った精悍《せいかん》な面立ちをしている。カジュアルなのに軽薄すぎず辛気臭くもない服選びは、とりあえずダークグレーのスーツを着てきた律の洒落心のなさをぐさりと刺す。

いわゆるできる人間なのであろうその人は、立ち上がりかけのポーズのまま固まってこちらを眺めていた。愕然《がくぜん》と呆然《ぼうぜん》の狭間のちょっと間の抜けた表情。律も似たような顔をしているはずだが、そうなってしまうのもまあ仕方がない。

何しろあれだ。我が許婚はどう見てもあれだ。

「……男じゃないか！」

「男性じゃないですか！」

各々の母親に向けて抗議の声を上げたのは同時だった。だがしかし非難の的《まと》となった彼女らは「あらあら、まあまあ」と顔を見合わせたあと、まるで女子高生のようにけらけらと明るく笑いだした。

「やあだもう、圭子《けいこ》ったらもうやだあ」

「紗季《さき》ちゃんこそもうなあにい、律っちゃんてばこんなにかっこいい男の子だったの？」

「りおちゃんこそ素敵な男子じゃない～」

「でしょう？　うふふふ。改めて紹介するわ～、こちらうちのりおちゃん、二十六歳いて座のO型よ」

「うちの律ちゃんはBだから血液型の相性はいいわねえ。かに座といて座ってどうなのかしら」

星座と血液型のお披露目はまったく紹介になっていないというのに、きゃわきゃわと少女の如《ごと》くさざめく楽しげな母親たち。対して絶句する息子ふたり。そこへドリンクの注文を受けにウエイターがやってきたため、四人はすまし顔で席に着くことを余儀なくされた。

さて、自分はどんな立ち位置でいるべきだろうか。律本人は頭を低くして嵐が通り過ぎるのを待つ派だが、『りおちゃん』はどうだろう。少なくとも律が男の時点でこのゆるゆる婚約などなかったことにしたがるとは思うのだが。

母親たちが息子そっちのけで喋《しゃべ》っている間に意思疎通を試みようとしたものの、すぐにドリンクと前菜が運ばれてきたため律は話しかける機を逸《いっ》した。

ウエイターが各々の前へと配膳した皿には、生ハムとイチジク、クリームチーズが美しく一口大に盛りつけられている。料理の説明をし終えて青年が去ると、その途端、

「この婚約は破棄ですよね」

目の前の男前はズバリと切り込んだ。

――真っ向勝負派かあ。

なかなか男らしい気概の持ち主だ。暖簾《のれん》に腕押しにしかならないと予感して、すでに気持ちで負けていた律にはとてもできない芸当だ。この胆力《たんりょく》、これはきっと仕事ができる男、と感心する。

だがしかし経年によりしたたかさを身に付けたお嬢様×2は、笑顔で「そんなお話よりほら、おいしそう」「このレストランにしてよかったわぁ」「私も来たかったのよここ」とヌルっとスルーしてはしゃいでいる。

やっぱりそうなるよね、と諦めつつ律もそれに倣《なら》うと、『りおちゃん』もまたため息をひとつついて前菜を口に含んだ。

――……うっま。

実家が料亭なので、律の味覚はどちらかというと和に寄っている。勿論家でハンバーグやらカレーやらを作るが、こういったガチの洋物はあまり口にしない。そのため甘味塩味クリーミィのコンビネーションをしばし真顔で味わってしまった。

正面を見れば『りおちゃん』も美味いという顔をしている。美味しい顔で物を食べられる人間はいいものだ。しっかり意志を持っているところも、この母親たちに対抗せねばならない同志として頼もしい。はしゃぐ母親たちはとりあえず放っておくことにして、律は口を開いた。

「あの、ちゃんと自己紹介してなかったけど、俺は神楽坂律。ええと……りお、さん？」

呼びかけはなんとしたものかと、とりあえず母が言っていた名前を出す。凛々しすぎて、ゲイとしての律の好みからはやや外れている男前は、黒い眉尻を情けなく下げて、ついでに肩を落とした。

「俺は、沓名理央《くつなまさちか》。理科の理に中央の央で、まさちかです。俺をりおと呼ぶのは母親だけで……」

「あらやだ！　そうなの？」

『りお』改め『まさちか』の自己紹介に食い気味に反応して、律の母が笑う。

「圭子ったらいつもりおちゃんって呼んでたから。それで私てっきり女の子だと思ったのよね」

「やあね、それ言ったら紗季ちゃんだって、律っちゃんって呼んでたじゃない。だから私も女の子だと思ってたのよお」

「なるほどそれで許婚継続……」

「誤解の積み重ねが二十年越え……」

楽しく盛り上がる母親たちとは対照的にがっくり項垂れる息子ふたり。あまりにもこの誤解は間抜けすぎやしないだろうか。普通生まれた時に性別確認すると思う。というか生まれる前からの許婚なのに幼い頃に顔合わせもなかったのはどうしてなのかと正論をぶつけるも、母親たちは声を揃《そろ》えて、

「だって、子連れで外で会うのってめんどくさいんだもの」

「そうよね、せっかく忙しい中で時間空けてお友達と会うんだもの、のんびりしたかったのよ」

「なあに、顔合わせしたかったの？」

などと言う。

「いや、早めにわかってればこんな席設けなくてよかったでしょって話ですよ。というか、写真は見せ合ってたんだよね？　なんで気がつかないの、お互い子供が息子だって」

「そりゃあ見せてたけど。でも写真なんてちゃんと撮らせてくれたの小学生くらいまでだったじゃない？　ほんと男の子ってつまんないわあ」

「律もそうよー。それにほら、ふたりとも小さい時ってかわいい顔だったから、わりとボーイッシュな子なのねって感想しかなくて」

「そうよそうよ、たしかに紗季ちゃんにボーイッシュねって言われたわ～！　うちの子男の子だからそりゃボーイッシュよねって、疑問にも思わなかったわ～」

「うちも男の子っぽいって言われたわね、そういえば。よく考えたら男の子っぽいって、男の子に言わないわよねえ」

キリリとした和装のまま少女に戻った母がアハハと笑う。律としてはまったくアハハではない。

「そこで気がついてくれませんかね……？」

「なんで大らかすぎるのふたりとも……？」

気がつくシーンはいくらでもあったようだが、母親たちはツッコミ能力が欠如しているのか引っかかりを軽く流したままここまで来たようだ。

「ともかく、この婚約は破棄ですよね」

めげない男前、理央はもう一度きっぱりと告げた。心の中で律はエールを送る。

だがそこへ、次の前菜を配膳しにウエイターがやってきて「牡蠣《かき》のバターソテー、柿《かき》ソース添えでございます」と彩りの美しい皿を各々の前へと据えた。間が悪い。しかも駄洒落めいた素材の取り合わせが可笑しかったのか、身の内に未だ女子高生を飼い続けているふたりは「牡蠣に柿ですって」「面白いけど合うのかしら」などとささめき合い、またも理央の訴えをスルーしている。

うん、勝てる気がしない。諦めという名の達観により、律はこの場での戦線離脱を決めた。どうせ久々に友人と会ったためにテンションが上がっているだけで、家に帰ってから「婚約なんてありえないよね」と確認すればなかったことになるはずだ。

糠《ぬか》に釘《くぎ》を打つような無為なことはやめておこうと、牡蠣に半透明の橙色のソースを絡め舌鼓を打つ律の向かいで、理央は「ふたりとも、聞いてる?」と母親たちに対話を求めている。

「ちゃんと聞いてますよ。でもねえ、まだお互いの人となりもわからないうちから婚約破棄だなんて」

「そうよお、まずはお話ししたりしてみないと性格なんてわからないじゃない?」

「いや、でも男同士なんだよ?」

言い募る理央の言葉が、ゲイの身に少しばかり刺さる。まあノンケからしたら男が恋愛対象になることはほぼないから仕方ないし、律も長年の許婚問題に終止符をきっちり打つためにはちょうどいい口実だよなと納得する。

だが母は強しというべきか。目をぱちぱち瞬かせたふたりは異口同音《いくどうおん》に、

「同性婚できるようになったんだからそんなの問題ないじゃない?」

と言い放った。

——あー……!

そういえばそうだった。

現在律には恋人もいないしそもそも結婚願望自体なかったのですっかり意識の埒外《らちがい》に置いていたけれど、一ヶ月前、法改正というか法解釈が見直され同性婚が認められたのである。

ということは。正式な婚約がにわかに現実味を帯びてきたわけだ。

どうせ母親たちの女子高時代の戯言《たわごと》だと放置していたのも、いざ顔を合わせたら男同士だったため早々に話自体無くなるだろうと状況を俯瞰《ふかん》していたのも、もしかすると誤算だったかもしれない。

このままきっぱり物を言うわりに母親の押しに弱いらしい男前に任せっきりではこの局面が乗りきれない気がしてきた。自分もこの婚約には反対ですと意思表明をしなくてはなるまい。

「あのう、同性婚がＯＫとか以前に、俺は好きでもない人と結婚する気は」

ないのですよ、と皆まで言う前に、理央の母である圭子がこちらへ向き直った。

「律っちゃんは今恋人がいるの？」

「い、いません……。……あっ」

否定したあとで、嘘《うそ》でもいいから「いる」と答えれば御破談になったかもしれないのにと後悔する。

しかしそんな馬鹿正直な律が気に入ったのか、圭子は満足げな笑みでゆったり深く頷き、それから芝居がかった様子で口元にハンカチを当てた。

「ごめんなさいね、理央がしつこく『男同士なんて』みたいなことを言うから気を悪くしたかもしれないわね。でもこの子、律っちゃんが男の子だから嫌だとか、同性カップルはありえないとかそんな深いこと考えて言ってるわけじゃないの」

一息に告げたあといったんブレスを入れて、圭子は理央に視線を向けた。

「理央はね――今まで恋人がいたことがないの。一度も。出会いは色々あったはずなのだけれど、僕には許婚がいるので、なんて言って全部断ってしまってたのよ」

「それは、よく知らない人とお付き合いをする気がないからで」

「えーえ、わかってます。体よく許婚の存在を使って露払《つゆはら》いしてたのよね」

にっこり、と圭子が微笑む。そして口元はその微笑みのまま、目だけ素になった。

「許婚がいるから余所様とお付き合いできない、ってことは、許婚とはお付き合いできるってことにならないかしら～？」

「そ、っそれは、詭弁《きべん》というか」

「詭弁じゃないわあ。むしろ人とのお付き合いがイヤで許婚をいいように利用していた理央ちゃんの方が詭弁使いよね～？　あのね、お母さんはずっと、ずーっと、理央ちゃんとお付き合いする人には優しくしてあげよう、嫌な姑《しゅうとめ》にならないようにしよう、お友達になれたらいいなって楽しみにしてきたの。なのに恋愛する気がないからってすべて振り続けてきたんだものね……それなら律っちゃんと結婚してもらわなくちゃあね……！」

「わかるわあ圭子！　私も自分の子供の恋人と仲良くしたいってずっと思ってたのに、律っちゃんたら全然私に恋人の話とかしてくれないのよ！」

「なんですって、律っちゃんもなの？　ひどい息子たち……！」

「となればやはり、高校時代の私たちの誓い――『生まれた場所も日も違うけれど』」

「『私たちの子供は同じ時を歩み共に死のう』と決めたこと、実現してもらわなくてはならないわ」

「ちょっと、なんで桃園《とうえん》の誓いを次世代に引き継ぐんですか」

三国志《さんごくし》における義兄弟の契《ちぎ》りの一節を捻《ね》じ曲げた誓いを立てた母親たちの思い出話に、即座に理央が突っ込んでいる。

「そもそも許婚がいるって刷り込みしたくせに、恋人を作れって矛盾してますよね⁉」

「やあね、そこはあれよ『親の決めた許婚よりも好きな人がいるんです！』ってしてくれたらロマンチックじゃない」

「さすが圭子よ！　それ素敵よね」

「ちょっと……ふたりとも面白がってるだけじゃないですか……?!」

そんな真理を突いては反撃が苛烈《かれつ》になるのに、真面目な奴だなと感心する。律はといえばもう物言わぬ貝になりきり黙々と牡蠣を食っているというのに。

しかし、この沓名理央、男前で洒落者でモテモテ人生かと思いきや、恋愛したくない系男子か。人間、スペックと恋愛遍歴が見合うとは限らないようだと面白く思いつつ、律ははたとナイフを止めた。

『りおちゃん』ではなかったんだ、なんて名前の方にばかり気を取られていたが、まさか――と正面の理央へ目を向ける。

「あの。不躾《ぶしつけ》ですまないんですが、沓名さんって、『沓名グループ』の沓名さんですか……?」

沓名グループは家電量販店を中核として飲食、美容、リース業など様々な分野に手を広げる会社だ。当然社会的信用は大変高い。

律が発した素朴な疑問に、理央ははっと目を瞠《みは》った。

「そ、そうです、父は沓名電機の長です。――母さん、父さんは許婚のこと話半分に聞いてたよね? とりあえずこの案件は持ち戻って父さんとも相談するべきだと」

大逆転で婚約破棄できる可能性が出てきたためか理央の顔色は明るい。まあすぐに、

「話半分だけど期待はしてたわよ～」

「是非期待に応えたいわねえ、二十数年越しの許婚との対面だもの。というかね、私たちとばかりお話ししてないで律とも喋ってあげて」

「そうよ、マザコンと思われちゃうわよ～」

なんてゆるふわマザー反撃をされ、その間にまたも前菜がやってきていまいち締まらない結果とな

っていたわけだが――その間、律の頭はフル稼働していた。

現在のこの状況と本来はまったく関係のないことだが、律の実家は明治《めいじ》から続く老舗《しにせ》の料亭である。規模は大きくないが、士族《しぞく》の商法がうまくいってしまったやつで、由緒だけは正しい。

そんな実家で、律は経理業務をしている。元々は料理人として家を継ぐ予定で、中学時代から厨房に入り下働きをしていたものの、ぶっちゃけた話あまり料理人としての才能はなかった。レシピ通りに作ることはできるし舌も悪くないが、老舗料亭の板前として真《しん》を張れるほどのものではなかったのだ。そんなわけで店の味は副板長が継ぎ、律は大学へ進み経営に関わることとなった。

さて、食関係の情報発信の多いこの時代にあって律の実家『神楽《かぐら》』は、昼は仕出しのみで店自体は夜しか営業していない。だがそこそこの値段であるのに予約がひっきりなしに入る。一見《いちげん》客お断りでもどこかしらの筋から紹介客が予約を寄越す。すべて受けられればいいのだろうが、料亭としては規模が小さいため部屋がすぐに埋まり、日程が合わずお断りする客も出てくる。

この機会損失はなかなか大きい。「ならば受け皿としてもう少し時代に即した二号店を出そう」となったのは半年近く前だ。事業計画まで順調に進み銀行担当者と相談したところ、「ランチ営業などを展開し収益増を目指してくれるのならば」と満額融資の条件を伝えてきた。勿論通常営業でも返済が滞る状況にはないものの、何かしら条件や提案があることは覚悟できていた。しかし律は受ける気満々だったのに、ここで父の変な方向に頑固なところが炸裂《さくれつ》した。銀行側が出した条件を――正直ゆるゆるなものだ――頑として受け入れないのである。昼の仕出しはやっているのだから、手間が増えるとかそんな理由ではないはずで、律には意味がわからない。

別に今の状態でもそこそこの融資は受けられる。しかしチープな二号店など出したくない。となるとそれなりに金は必要だ。なのに父は理由も教えてくれないでランチ営業を拒む……という獅子身《しし しん》中《ちゅう》の虫状態で律は鬱屈《うっくつ》していた。

——でも、もし婚約者が沓名電機社長の息子だったら……！

これはでかい。

勿論、連帯保証人になってほしいとか金を貸してほしいとかそんな恐れ多いことは一切考えていない。ただ、沓名の名前があれば。担当者も「審査部が納得してくれるものがあればご要望額をご融資したい」と言ってくれていた。折り紙付きの頑固親父を説得するより、押しに弱そうな理央に頼み込んで形ばかりの婚約をしてもらう方が楽な気がする。水は低きに、人は易きに流れるのは世の常だ。

大変、大変打算的だとは重々承知している、けれど。

「……致しません」

「え」

「婚約破棄、致しません」

新たに目の前に置かれたポタージュの皿を凝視したまま、ぼそ、と律は呟いた。ちらりと確認すると、沓名理央は男前なその顔に「信じられない正気か」という表情を乗せていた。

そんな、色でいえば蒼白になってしまった理央ゾーンとは対照的に、母親ゾーンの空気は高彩度高明度のビタミンカラーに色めき立った。

「律っちゃんがその気になってくれたわ！」

「それでこそ私の息子よ！」

やんやの大喝采《だいかっさい》をする母親と突然の裏切りに遭《あ》い打ちひしがれた男。律は場を抑えようと慌てて席から立ち上がった。

「待って、とりあえずどうして破棄しないかの話だけは聞いて」

「ウチの理央ちゃんが男前だからかしら？」

「お母さんたちの友情に感銘を受けたの？」

「違います。すごく打算的でまったくロマンチックじゃなくて、理央くんには全然メリットがない理由です」

星座紹介の時にうっすらと「二学年も年下かあ」と思ったせいでついつい「くん」付けで呼んでしまった。顔を見るとそんなことどうでもいいくらいに憔悴《しょうすい》しているようだからまあいいだろう。

律は、声のトーンは抑えめに、家業を大事に思っている点は真摯《しんし》に、そして、決して沓名の金に手を出すわけではないと強く打ち出し「婚約破棄しない」発言に至ったことをプレゼンした。

仕事はできそうだが恋愛系イベントに関わりたくないらしい男前は、律の提案に一理を見出したようだ。婚約者がいれば、今後恋愛的アプローチを受けても今まで通り「許婚がいます」で撃退できるメリットに気づいたらしい。

あとは母親たちに婚約即結婚ではないことを約束させ、融資を引き出したあとにやんわりと婚約解消に持っていけばいいだけだ。理央と交わす視線で、母親を適当に納得させようと頷き合う。恋したくない男前なんて、たとえ律の趣味でなくとももったいない限りだが、こういった腹芸の通じ具合はなかなか悪くない。

理央は観念したような声を出し母親たちを懐柔にかかった。

「俺は……すぐ結婚させられるのでなければ。婚約者がいるというだけなら、今までと変わることはないし、律……さん？　と、婚約するのは問題ない」

「母さんたちの桃園の誓いロマンにはちょっと寄り添ってないけど、こういうのでよければ……」

「いいわよぉ！　ロマンスなんておいおいでいいのよ！」

「え⁈　おいおいロマンスさせる予定なの⁈」

神妙に告げたふたりに被せられた圭子の声に、理央は降参の仮面を即放り出して突っ込んだ。真面目そうな男前・理央はツッコミを我慢できないらしい。

「そうなったら面白いなあとは思うけど」

「『面白い』ってそれもう他人事なの滲《にじ》み出てるよね⁈」

「まあまあ、言葉の綾《あや》ってやつよ。とりあえず新居が無駄にならなくてよかったわ～」

「ね、ここ最近準備ですごく忙しかったんだもの。少しくらいは住んでくれないとつまんないわあ」

「え？」

「ちょ、ま」

聞き捨てならない単語が挟まれた気がする。これは理央ならずとも突っ込まねばなるまい。

「しっ、新居って……⁈」

律と理央の声が見事にハーモナイズすると同時、母親たちが大きく首を縦に振る姿もまたシンクロナイズした。

「新居は新居よう」

「頑張って用意したから今日からだって住めるわよ！　私と紗季ちゃんの理想のお部屋なの」

「今は便利よねえ。スマホでビデオ通話して圭子と一緒に食器選びしたのよ」

「なかなか時間合わなくてちょっと苦労したわよね～。あ、ベッドは入れてあるけどシーツやカバーなんかは自分たちで選ばせてあげようと思って何もしてないわ」

「カーテンもレースカーテンしか入れてないからあとは自分たちの趣味で探してね。それと私たち、タワーマンションはあんまり趣味じゃないから普通のマンションなの、ごめんね」

「いや、タワマンとか普通とかそういう問題じゃなくてさ」

「もう何年も会ってないって言ってたのになんでそんな悪だくみしてんの！」

「悪だくみって何よもう。今日までに水道もガスも通じるようにしておきたかったから圭子と交代で通ったりしてホント大変だったのに」

「ちゃんとペット可物件だし、それに結構広いのよ、リビングが三十畳近くあって床暖房まで入ってるの～」

「もうね、圭子ったら分譲にするっていうからさすがに止めたのよ。本人たち気に入るかわかんないんだし賃貸にしましょって、お母さんちゃんと言ったんだからね」

さも「私って良識あるでしょ」と言わんばかりに胸を張る母親が辛い。だが理央は別の部分に引っかかったようだ。

「待って、ペット可物件って言った？　まさかタラたちもそっちに連れてけってこと？」

「だって理央ちゃん、あの子たちがいないと死ぬっていつも言ってるじゃない？」

「猫に引っ越しはストレスでしょ！」

「猫……？」

おお、と律の胸は躍ってしまう。

生を受けて二十八年、実家が料亭で嫌だったことはほぼないが、猫が飼えないのだけは不満だった。店舗と住居は別だから絶対ペット禁止というわけではなかったが、同敷地ゆえにどこをどう間違って猫が店の方に脱走してしまうとも限らないし、板前が厨房服のまま自宅の方へ訪れることもままあったから、猫毛がつく可能性を考慮し推奨されていなかった。

けれど理央と新居に住むと猫がついてくるのだという。それは素晴らしい。律の眼が輝いているのを見て取ったのだろう圭子が、目敏《めざと》く悪魔の囁《ささや》きを吹き込んでくる。

「律っちゃんは猫が好きなのかしら～？　紗季ちゃんから聞いてるわ、おうちが食べ物屋さんだとペットが飼いにくいって」

「そうなのよ、律ったらお友達のうちで猫を抱っこして以来ずっと猫飼いたい、飼えない、って悶《もだ》えてるの、この二十年くらい」

「理央はね、タラの芽とわらびとゼンマイっていう三匹の猫を飼ってるの。ネーミングセンスはどうかと思うけど猫はみんなかわいいわよ～」

「さ、三匹……」

幼い日に触れたくにゃくにゃですべすべで温かかった生き物を思い出し、律はやにさがる。懐いてもらおうなんて大それたことは考えていない。同じ空間にあの生き物がいるというだけで幸せホルモンが大量放出されそうだ。

自分にメリットしかない婚約でごめんな、と大して悪いと思っていない心のまま、律は満面の笑みを理央に向けた。

「不束者《ふつつかもの》ですがよろしくお願いします理央くん」

「……っあんたひどい裏切り者じゃないですかね……?!」

友好の握手のために差し出した手を、半泣きの理央が握ってきた。さすがに少しばかり胸が痛むが、ぽそりと理央が「髪の色がわらびっぽいから許します」と呟くのが聞こえてしまう。こらえた笑いで思わず肩が震えた。飼い猫に似ているから許す、なんて。

——猫バカだ、この男前。

大きくて温かいその手が、猫を撫《な》でるためだけに存在しているのだと思うとなんだかかわいく思えてきて、律はぎゅっと強く握り返した。

2

「正直、寝室が別だったことに驚きを隠せない」

ソファからダイニングテーブル、大画面テレビやホームシアターまでも設置済みのリビングの床に寝転んで律は呟いた。頭のてっぺんを起点にして点対称に寝そべっている理央が「一応良識は残ってたようで安心……と言えるのかどうか……」とぼやいている。

現在、新居には理央と律のふたりきりだ。

横浜《よこはま》のレストランで食事をしたあと、善は急げとばかりに都内までタクシーで戻ってきて、即座にこの新居へと案内されたのである。

融資

3SLDKと聞けばまあそこそこ程度の広さかなと想像するが、理央母の言う通りリビングが広すぎて少々眩暈《めまい》がした。ちなみに試しに床暖房をオンにしてみたら、十月も終わりのこの時期、大変快適なことが判明した。

「いや、良識はなくない？　あの人たちの予想だと俺たち男女だったわけだろ？　いきなり新居用意して住めってありえないだろ」

「たしかに……寝室が別々だったことで少し見直してしまうところだった……」

「ダメだー騙《だま》されるなまさちかー」

この男前ちょろいぞ、と笑う律に釣られるように笑っていたくせして、理央は唐突に起き上がった。

「ちょっと、笑い事じゃないでしょ、俺あんたに裏切られたような気がするんですけど」

「人聞きの悪いこと言うなよ、俺だって新居なんて寝耳に水だったんだしさ。ま、一週間くらいのらくら躱《かわ》してれば同居させるのは諦めるんじゃないか？」

律の母はぐいぐい来るが飽きっぽいのでこの手段が大変有効なのだ。しかし理央はげっそりした顔になった。

「……あんたがトイレ行ってる時、服は宅配で明日届くようにするから早速住みなさいって言ってたよ……」

「マジで……？　いや、俺の親よく、恋人がいるなら会わせろってうるさかったし、嫁を娘のようにかわいがりたいって言ってたから、理央くんが女だったら結婚強行するのもわかんなくはないんだけど」

「うちの母親もそんな感じ」

「お互い息子が増えるだけだよな？」

「だよね？」

顔を見合わせてハハハと快活に笑い合ったあと、ふたりは同時にため息を吐《つ》いた。

「なのに結婚強行しようとするってどういうことだと思う……？」

「何も考えてないに一票」

「激しく同意」

律の母は料亭の女将として、理央の母は社長夫人としてしっかりと社会性ある人格を有しているはずなのに、なぜ心の一部が女子高生のままなのだろうか。

「まあ、俺には悪いことばっかりじゃないんだけどな。猫と暮らすの楽しみだし」

「猫の話が出た途端に同居ＯＫしたもんね……」

またも裏切られた恨み節を述べる理央へ、悪い悪いと謝ると、理央は苦笑した。

「あんたが猫好きなのはよかったよ」

「あ、好きっていっても飼ったことないからあんまりこっちから弄《いじ》らないようにするよ？　知らない場所で知らない奴と住むのストレスだろうし」

飼いたくても飼えないのを紛らわせるために猫知識だけは色々仕入れた律が宣言すると、「ありがとう」と素直に理央が微笑む。

――なんか妙に好感度高いんだよな、こいつ。

仕事ができそうな黒髪真面目男前など律の好みからは外れるのだが、母親に弱かったり猫大好きだったり微かなチョロさが滲み出ていたりするあたり、ギャップ萌《も》えという意味ではなかなかよろしい。

「猫は、向こうから寄ってくるまで構わないようにしてくれればそんなに問題ないかな」

「おっけー。――なあ、猫、山菜の名前なのか？　タラの芽とわらびと……」

「ゼンマイ。普段は、タラ、わらび、ゼン、って呼んでるよ」

「タラとわらびとゼン、な。早く慣れてくれると嬉しいなあ。あ、いつ連れてくんの？　俺いない時の方がいいかな？」

「そうだなあ、あんたがいる時に連れてくるよ。タラたち先にこの部屋入れちゃうと、あとから来た人間を侵入者と思って怒るから」

猫と離れるのは最小限にしたいからと、理央は月曜の会社帰り実家に寄って三匹とも連れてくるつもりだと告げた。早々に律は山菜猫たちと顔を合わせられることになりそうだ。

「となると、キャットタワーと猫トイレ買わないと。ごはんはうちから持ってくるとして……」

ちょっとママゾン見るね、と理央がスマホであれこれ注文し始めた。

――俺はキッチンチェックでもしようかな。

どうせ理央は食事作りなどしないだろうし、自分は料理担当に立候補しよう、と律は立ち上がった。自分の食べたいものを作れるという利点があるため、わりと譲りたくない役職である。

母親たちの趣味らしい、しっかりした食器棚と巨大冷蔵庫に、ブランド物の食器類。軽く見て回ったところ、納戸にはリネン類やらシャンプー、トリートメント、各種ペーパーまでぎゅうぎゅう詰めだ。

融資のことを考えると、表向き婚約者という体を取るからには同居は悪くない手だなと思い始めたところだが、想像以上にしっかりと新生活用品が揃っていて律は遠い目になる。自分たちが住みたい、というようなことも言っていたし、よほど母親たちは用意が楽しかったらしい。

リビングへ戻ると、理央は猫関係の注文をちょうど終えたようだ。床に胡坐《あぐら》をかき、スマホを置いてこちらを見上げてきた。膝には、寝転んでいるとき枕にしていた小さなクッションを乗せている。猫の代わりだろうか。

「思ったんだけど、俺の職場はこっちの方が行きやすいから移ってくるのはまあそう悪くはないけど……律、さんは」

「あ、律でいいよ。い・い・な・ず・け、だし？」

いつまでも「あんた」呼ばわりもどうかと思ったのか、理央が名前で呼んでくる。そのちょっと躊躇《ためら》う様子が面白くてつい婚約者状態をネタにしたら、理央はクッションを投げつけてきた。猫の代替品ではなかったようだ。とはいえ、うんと手加減した速度だったので律はしっかりと受け止める。

「だーって、許婚なのは確かじゃん？」

「事実ならなんでも口にしていいというものではないでしょ」

律が投げ返したクッションを、拗《す》ねた口調と共に理央はまたぽいっと放ってくる。もう十年も前に過ぎ去った修学旅行を思い出し、妙に楽しい気分で律は会話とクッションの同時キャッチボールを始めた。

「俺の方は、出勤は時間かかるようになったけど、実家出てみたかったからちょっと嬉しいかな。だって敷地内に職場あるんだぜ、外に出ないでうち帰る日とかあるんだもん」

「それは辛い」

「だろ、仕事してるのに自宅ヒッキー気分だよ。昼飯は裏の自宅帰って作って食うか、賄《まかな》い多めにできた日に貰うかで外食もほとんどしないし」

「昼が料亭の賄いなのは少し羨ましいかも」

「まあ美味いけど、見習いの仕事だから料亭のごはんとはさすがに違うぞ。俺も昔、何回か作ったことある」

中学時代、律は学校から帰ると見習いの見習いくらいのポジションに入っていた。賄いは基本的に追廻しという役割の者が作っていたが、頼み込んで交代してもらったことがある。父親からはあれこれダメ出しを喰らったものの、なんやかやとアドバイスもくれたので律は料理嫌いにならずに済んだ。

「あ、そうだ。飯、俺が作るってことでいい？　忙しい時期じゃなければ七時前にはここ帰ってこれるはずだから」

「ホワイト企業だなあ。食事は、お願いします」

「おう。まあ年末と年度末は遅いんであんまりあてにならないから、そういうときは外食かコンビニにしてもらうけど」

年末調整の時期がそろそろなので残業の日も出てきそうだ。

——そういやなんかこいつってコンビニ飯食ったことなさそうだな。

ジャケットを脱いで青色のシャツ姿になっているため、爽《さわ》やかさを見せる理央はなんというか、品がいい。店にやってくる客もわりとピンキリなのだが、理央は間違いなくピンの方だ。かといって堅苦しさを感じないのは、あの緩い母親に育てられたおかげかもしれない。少なくとも、いきなり決まった同居なのに律が前向きに楽しむ気になるほど、理央の好感度は高い。

ともかく、母親たち抜きで他愛ない雑談をしたおかげで風通しはうんとよくなった。ある意味男同士でよかった。理央が女性だった場合、偽の婚約などでなく本当に結婚する羽目になっていたかもしれない。そうなったら律はゲイの偽装結婚ということになってしまう。

――あ。俺がゲイだってことは……言わなくていいよな？　ややこしくなりそうだし。

理央がバリバリ好みだったりしたら自分の恋心が暴走してしまう危険があるが、年下ということもあり、真面目で面白い弟みたいに感じている。好みのチャラ男だったら向こうに警戒してもらうためにカミングアウトした方がいい気もするが、理央なら言わなくても問題ない、はず。

――そうだ、チャラ男といえば、融資担当。

銀行の担当者を思い出すキーワードが『チャラ男』というのもどうなんだと思うが、改めて理央にはお願いをしておかねばなるまいと、律は居住まいを少し正した。

「あの、頼み事ばっかかで悪いんだけど、ちょっと落ち着いたら一緒に銀行の担当者と会ってくれるかな？　ほんと俺の方ばっかりメリットだらけなんだけど」

「いや、婚約者で居続けてくれるのは俺にもメリットあるから。母さんが言った通り、許婚がいるってのを結構便利に使ってたのは本当だし」

「そっか。なら少し気が軽くなる。――ていうか、そんなにお断りするってことは、それだけ告白されてきたってことだよな。モテモテだ」

「モテモテというか……」

理央はなぜか遠い目になった。

「人を好きになるという気持ちを経験する前に色んなアプローチをされた結果、恋愛嫌だなって思うようになりましたね……」

急に畏《かしこ》まった言葉遣いになったのが可笑しくて、律はつい笑ってしまう。

「ごめん、笑うとこじゃないと思うんだけど、恋愛が嫌になるほどのアプローチってすごいなって」

「見知らぬ人にぐいぐい来られたら恐怖しか感じないよ……」

「見知らぬ人？」

「うちの父は高校時代、母とお互い一目惚れをして恋を知ったと常々言ってて。恋に落ちる瞬間の素晴らしさを俺にも知ってほしいとかなんとか言って、出会いを斡旋《あっせん》してきたのです」

「ああ、お見合い的な？　でも一応許婚がいることになってるのは知ってるんだろ？」

「母さんがさっき、期待はしてるけど話半分、みたいなこと言ってたし、あんまり気にしてないんじゃないかな。何しろほら、俺たち顔合わせもしてなかったわけだから」

　理央は苦々しそうに過去を振り返る。

「ともかく自分の一目惚れ体験が強烈だったみたいで、見合いっていうよりは偶然を装った出会いを演出してきたんですよね。部下や知り合いの人に、息子を好きだという娘さんがいたらガンガンアプローチしてほしいって頼んだらしくて」

　ちょうど会社設立の周年記念パーティーに出席したため、学生ながら理央は関係者家族たちにも顔が知られており、父親の作戦はなかなか好評だったようだ。当時の理央は、月に一度は見知らぬ女性にアプローチを受ける羽目になったという。目の前の女性がハンカチを落とすというベタな事例に始まり、一人暮らしをしようとすれば「ストーカーに追われているので同居してください」と語る女性に不動産屋で迫られ、友人と初詣でに行けば神社の階段からトリプルアクセルばりのジャンプで落ちてくる女性を支える事態に陥った。恋愛感度の低い理央でもハッとするくらいインパクト重視で出会うと吉、などと怪しい占い師のような託宣《たくせん》を父親がした結果らしい。

「いくらアクション俳優を目指している女性とはいえ階段でのトリプルアクセルは危なすぎるって抗議して、ようやく妙なアプローチはなくなったんだけど。結局そこまでするのって『沓名』の名前があるからかなあと思うと余計に恋愛する気は減退して」

「う」

理央は軽い苦笑で流しているが、それは「沓名さん相手なら婚約破棄致しません」と告げた律も同じではなかろうか。

「ごめん……俺も名前目当てだ」

「ああ、律さん……律は、大丈夫。なんていうか、父親の根回しがなくなってからも、女の人に近づかれると裏があるんじゃないかって警戒するようになった俺の方が悪いんだよね。だからズバッと融資のためって説明してくれた律のことはむしろ信用できてる」

「そう？　ならいいけど……」

「元々、友達が彼女欲しいとか言いだすような頃から恋愛系の話題が苦手だったってのもあるし。だからモテモテでもまったく嬉しくないというか」

「なるほどなあ。俺も——奥手、だから周りが女の子の話で盛り上がってると困ってたな」

本当はゲイだから女性に点数をつけるような話題に乗りきれなかっただけだが、律の言葉に共通点を見出したのか、理央はふっと微笑んだ。

「まあ恋愛話になったときにはほら、母親のあの言葉が役立つんだけど」

「ああ——『あなたには生まれる前からの許婚がいるのよ～』ってやつ？」

律が、お花の飛んでいるようなキャピっとした声真似で告げると理央は「それ」と苦笑して頷く。

律が物心ついてから折に触れ言われたセリフを、どうやら理央も耳にタコができるほど聞いていたようだ。

——うーん、親近感……。

二十八年間、同じ境遇の人間に出会ったことがなかった律だが、よく考えたら目の前に同様の苦悩を抱えていた同志がいるのだった。

——もう少しレストランで掩護《えんご》射撃してやるべきだったかなあ。

理央ばかりがその真面目さで矢面に立っていたことを思い出し、ちょっと申し訳なくなる。とはいえ融資の件があるので結果的にこの状況に落ち着くことになっただろうが。改めて律は頭を下げる。

「融資決まるまでの短期の婚約だとは思うけど、よろしくな」

「いやそこは俺に縁談話が無くなるまでは婚約者でいてよ」

「社長令息に縁談来なくなるのって何歳？　アラフィフ？」

「あ」

結婚にも恋愛にも本気で興味が無さそうな男前は、律の言葉にハッとした顔をした。ツッコミだけでなくボケも担当できるとは高性能すぎる。

「やばい、真面目そうなくせに面白いな理央くんは」

「真面目そう、じゃなくて真面目なんだけど、俺は。——それより、さっきから気になってたんだけど『くん』付けはちょっと」

「ごめん、俺もどうしようかなーとは思ってたんだよな。じゃあ、まさちかって呼び捨てに……あっ。やっぱ『りお』って呼んでいいか？　なんか呼びやすい」

「りお……」

ものすごく苦い顔で理央が眉間に皺《しわ》を寄せている。律としては単に「りお」「りつ」でコンビ名っぽくて面白い、程度の発想だったのでそこまで推す提案でもないのだけれど、「まあ、ちゃん付けしないならいいかなあ……」と理央は譲歩をしてくれた。さっきは真面目な弟のようだと思ったが、度量の広さはむしろ年上っぽさを感じる。

「なんか理央《りお》ってお兄ちゃんぽいなあ」

「あんたは弟みたいですよ」

「ああ、末っ子かってたまに聞かれる」

図星だなあと律は笑う。大学卒業後はすぐに実家の事務に入り、周囲全員が知り合いの職場の最年少という状態なもので、ひとりっ子長男のくせに末っ子気質なのだ。社会人らしさがあまり育っていないともいう。

「これからよろしく理央兄さん」

「はい、よろしく」

もはやツッコミを入れずに苦笑で受け入れた理央は、明日から住むために必要なカーテンやシーツの購入、自宅から持ち込むものの段取りをざくざく決めていった。この許婚、やはりよくできた男だ。

§　§

まさか相手が男性だったとは、と理央は新居から戻るタクシーの中で大きく息をついた。母たちのテンションに振り回された疲れもあるものの、ため息の理由の大半は安堵だ。

たとえ偽の婚約だとしても、もし相手が異性だった場合、新居で同居などしたらすでに外堀が埋められたようなものだ。どっちみち結婚するしかなくなっただろう。それは理央の本意ではない。まあ、律が同性だったからこそ同居の話も偽の婚約も受けたのだから、鶏と卵の論争みたいなものだが。

ともあれ、律が男性だったのはよかった。父の差し金が終わったあとも普通にアプローチしてくる女性はいたから、許婚という存在は角を立てずにお断りするためには大変便利だった。婚約延長のおかげで他者からのアプローチ避けも継続できるうえ、恋愛もしなくて済むのだ。ゲイの友人もいるので男同士の恋は絶対ない、とは言わないが、自分と律がそうなる可能性は皆無だろう。

——でも父さんに知られたら面倒臭そうだな……。

最近では、理央の恋愛嫌いを理解しつつあるのかあまりくちばしを突っ込んでこなくなったけれど、話半分で聞いていたはずの許婚と同居することになったなど知れたら絶対に「そこに愛はあるのか」と問いかけてくるはずだ。相手が同性であるならなおさら。理央が恋愛話に辟易《へきえき》しているのは、父のそういう「愛がすべて」思考のせいもある。

——……よし。母さんには口止めしよう。そうしよう。

父と母は未だにラブラブでツーカーの仲だが、さすがに今日の母親はこちらを振り回しすぎだ。理央のために一働きしてほしい。

まず、理央の転居については一人暮らしを始めたと説明してもらおう。過去に何度か独居を試みたが、不動産屋でアプローチを受けたり、一人暮らしするならお部屋に行きたいと秋波を送られたりしたため断念してきた。しかし父の作戦が潰えた今、巣立ちできると気づいた——ということにする。

もうひとつ、許婚との顔合わせについては「可もなく不可もなくなので許婚状態のまま様子見」とお茶を濁すことにした。一目惚れしなかったのなら運命ではない、と勝手に結論づけ、父が介入してくることはなくなるだろう。

単に恋愛をしたくないだけなのになあ、と理央はまたため息を吐《っ》く。

別に自分は、人が嫌いというわけではない。女性嫌いでもない。友達を好き、という気持ちは普通にある。ただ友達への好意と恋との差がよくわからないだけだ。恋をすると触れ合いたくなるものらしいけれど、今まで理央が好きで触れたくなったのは猫くらいのものである。

——そういえば、猫が好きな人でよかったな。

新居に猫がつくと聞いた途端、律が目をキラキラさせていたのはちょっと可笑しかった。

加えて、年上なのに偉ぶったところがなく、一緒にいるのに気詰まりなところがないのもいい。

——あの人、線が細いのに声が高すぎなくてほっとする。

ハスキーというのとも違う、律の声にはしっとりと落ち着いた甘さがある、酒でいうならいいブランデーのような声。普通の勤め人としてはちょっと長めの髪とすっきりした頬の稜線のせいか、並行二重の大きな目なのにどこか怜悧な印象がある。黙っているとクールに見えて、そのくせ話し出すとなんだか自分より年下に思えるかわいげがあるのも面白い。

律は一緒に暮らすのに不快感がない——そう、ちょっと猫っぽさのある男だと思う。髪色が、キジトラ猫のわらびのように焦げ茶と黒が入り交じっているのがかわいいし、目を伏せるとまつげの長さが目立って、そこは黒猫のタラに似ている。妙に元気なところはアメリカンショートヘア柄のゼンだ。

帰宅したら会える猫たちのことを思い出し、理央の口元は柔らかく笑む。

いきなり新居に案内されたうえ、ほぼ即日の同居を母から求められて激動の週末となったが、嫌な気分になっていないのはなんだかんだ律の印象がよかったせいだろう。

明日は忙しいな、と理央は背もたれにゆっくりもたれかかって光の帯の流れる窓の外を眺めた。

3

律はチャラ男が好きだ。

チャラ男は、見た目が派手だとか敬語使わなそうとか分け隔てなく絡んでくるとか、色々な属性から成り立っているけれど、多分律が好んでいたのは好き勝手に絡んでくるところ——よい言い方をすれば、何くれとなく構ってくれるところだったと思う。

大学時代、人生で初めて付き合った相手はサークルのムードメーカーで、数年前付き合っていた社長秘書は、会社社長のお供で実家の料亭にやってきたくせに、喫煙所を案内しただけの律へSNSのIDを渡してくるという猛者《もさ》チャラ男だった。ただ、前者は初エッチを躊躇《ちゅうちょ》すること三ヶ月で浮気して去り、秘書はバイで社長のお嬢様と二股した挙げ句結婚した。

というわけで、チャラ男の属性が好きなくせに、律のチャラ男への評価は低い。低いが、パッと見が軽いとか、喋りがちょっとアホそうでノリよく語りかけてくる相手にはつい心を許してしまう。多分、構ってくれそうなタイプとして刷り込みされているのだろう。

そういう意味では理央は、律のタイプではない。髪は黒いし、アホではない。ノリはいいが、アホではない。ただ、タイプでなくとも理央への評価はとても高い。勿論、沓名グループの跡取りだとかそういう意味ではなく、一緒にいると気楽で明るい気分になれるところがいい。

だから、今日が理央との同居一日目となるのだが、律の心はなぜか学校遠足前のように弾んでいた。

日曜の午後の新居最寄り駅での待ち合わせは、心配したほどは混み合っていなかったけれど、改札を出た正面口の真ん前で何度か辺りを見回して、律はようやく理央を発見した。

日の暮れるのが早くなってきたため、まだ二時だというのに陽の光はすでにノスタルジックなオレンジの色彩が強い。そんな中、理央のネイビーのステンコートはすっきりと一本芯が通った姿に見えた。明日の会社用スーツを持参しているのか、少しばかり荷物は多めのようだ。

まっすぐ理央に向かって歩いてゆくと、律よりもやや高い位置にある目線が、こちらを見つけてふっと緩む。小さな合図のようなその笑みが少しこそばゆく、律は小走りで駆け寄った。

「よう」

「どうも、昨日ぶり。カーテンの店、ここから近いんでしょ？」

「うん、歩いてすぐ。ベッドシーツも買えるからまとめ買いしよ」

内装選びにちょうどいい店へ寄ってからいざ新居だ。互いに一人暮らしは初めてなので、ついつい自室のカーテン選びには時間がかかってしまった。模様替えと引っ越しが趣味の友人がいるが、その気持ちがちょっとわかる気がした。

「この辺、あまり来たことないけどどうるさくなくていいね」

「ああ、駅前なのに大きな通りないから静かだよな」

小さなショップと大きなショッピングモールが混在した道を抜け、緩やかな坂を上りきって少し行けば新居だ。本屋もあるし、洒落たカフェや服飾系ショップも多く、歩いているだけで楽しい。

駅から十分ほどのところにある、明るい色味の石貼りタイルのマンション六階がふたりの新居である。

揃って二階建て一軒家育ちなので六階でも充分高層階だ。新居がタワーマンションだったら怖くて外が覗けなかったろう。母親たちの趣味に感謝しつつふたりはエレベーターを降りた。

両手いっぱいの荷物を自分が使う部屋へと適当に突っ込み、律はすぐに家事の分担決め会議のためリビングへと赴く。いい年をしてお互い実家暮らしなので、掃除と洗濯、食器洗い風呂洗いゴミ捨てトイレ掃除など思いつく家事をピックアップし、ルーレットアプリで割り振ることにしたのだ。

「猫のトイレとごはんは俺がやるけど、猫好きなら律も手伝ってくれる？　トイレ掃除と餌やりすると懐きやすさが全然違うから」

「是非やらせていただきます」

「即答」

くくっと理央が楽しげに笑う。パッと見は真面目男なのに、話してみると気安い。

——ほんと、こいつ、楽。

食事作りに律が立候補すると食器洗いは理央の専従課目としてくれたり、家事分担をひとつ多く受け持ってくれたりする気遣いもある。

「俺、飯作る方が片付けより好きなんだよなあ。ありがとう理央兄さん」

昨日のネタを引っ張る律に目をぱちくりさせた理央は、「いや、思ってたより律も兄さんぽい」と微妙な褒め言葉を寄越してくる。

「ふたつも俺のが年上ですから。いつまでも弟扱いに甘んじてはいられないっての。――参考までに、どこがお兄さんぽいか言ってみ」

嬉しくなってニヤニヤしながらつついてやると、理央は真顔で言い放った。

「食事を作ってくれるところですかね」

「それって兄さんぽさなのか……っ？」

なんか違う、としょげる律へ、理央はなんだか楽しげな顔になって「律は面白いな」と笑った。

恒久的な家事分担以外は一週間ごとに交代すると決め、お茶で一息入れることになった。親が送ってきた荷物の中に、律の好きなシガレットクッキーが入っていたのだ。

「理央は何飲む？　俺はレモンティーにしよっと」

「ああ、俺はコーヒーで」

鼻歌交じりでキッチンへと立った律に、理央がついてくる。どうしたのかと思ったら自分の分は自分で淹れるそうだ。お湯が沸くまでの間、立ち話をする。

「俺、店ではみんなの分淹れてるから、理央のもやるつもりだったんだけど」

「そうなの？　うちの会社は父がお茶汲み禁止令出したんでみんな自分でやってるよ」

「へええ。うちは身内感強いからか、俺は未だにお茶汲み小僧だなあ」

なるほどと頷きつつ、律は母親が用意しておいてくれたらしいレモンポーションを紅茶に垂らした。

理央はフィルタードリップのコーヒーにじっくりお湯を注いでいる。

互いに用意が終わりテーブルに着いた律は、好物のクッキーを手に「そういえば」と口を開いた。

「理央の父さんてどんな人？　昨日の話だと結構面白系だよな」

「父は……面白というか、真面目……？」

「なんで疑問形なんだよ」

つい突っ込んで笑うと、理央は天井を見上げ「うーん」と悩み顔になる。

「考えてることは結構真面目なんだけど、なぜか行動すると真面目が変な方向に出っ張るというか」

「面白系じゃん。理央も似てるし」

真面目に母コンビに対抗しようとしていたあたり、変な方向に出っ張っているといえよう。しかし理央は心底心外だという顔で「俺と父は似てないです」ときっぱり告げた。その物言いと顔が面白かったので、ついつい律は笑ってしまう。

「ちょっと、笑い事じゃなくほんと嫌なんだって」

「ごめんごめん。理央の顔が面白かったからさ。そっか、理央の父さんは真面目系なのかあ。許婚が男って知ったらどうすんのかなって思ったんだけど内緒にしとく方がいいのかな？　――まあ、俺はお茶飲んだらちょっと夕飯の買い物行ってくるわ。理央はどうする？」

「それなら俺はカーテンでもつけておこうかな。嫌じゃなければ、律の部屋の分もやっておく」

「お、サンキュ。夕飯なんでもいい？」

「好き嫌いはないので律の食べたいもので」

「素晴らしいな！　おっけー」

駅近のＳＣに食品スーパーがあるのは確認してある。いい魚が売っているといいな、なんて思いながら、バター風味の濃いクッキーをついつい三本も食べてしまったのだった。

明日からは実家で働いてこちらへ帰ってくることになるわけで、帰宅途中で買い物ができる。今日のところは夕飯と明日の朝食の分だけでいいだろう。朝食はベーコンエッグで決まりとして、理央は目玉焼きは半熟と固焼きどちらが好みかな、とか、かけるものの派閥は何かな——などとつらつら考えながらエレベーターを降りた律は、エントランスホールで花束を片腕に抱えて郵便受けを吟味《ぎんみ》している、ロマンスグレーの紳士を発見した。

日曜だというのにきっちりとチャコールグレーのスーツを着たおじさまは、律を見てにこやかに「こんにちは」と挨拶《あいさつ》をしてきた。

インターホンも鳴らさず郵便受けを見ているなんて不審者といえなくもないのに、品のよさが滲み出る物腰のせいで警戒心が湧かない。加えて律は接客業育ちのため、ついつい「どうなさいましたか」なんて話しかけてしまう。

律の態度の何がよかったのか、紳士はふっと瞳を和らげた。

「いえね——知り合いのお子さんが、こちらのマンションで婚約者さんと暮らし始めたと聞きまして、お祝いの花を持ってきたんですが部屋の番号を聞き忘れまして。郵便受けを眺めてもほら、今時は名前を出さない人が多いから結局わからずじまいなんですよ」

「なるほど、お知り合いのお子さんが——婚約者さんと」

紳士の言を復唱し、律は笑顔のまま固まった。

総戸数十五程度のこのマンションに、自分たち以外にもそんな人間が近々に入居したなんてことあるだろうか。

――これは……理央の関係者では……？

むくりと疑念が湧く。

もしもそうならば自分が当の婚約者だとばれる前に退散したいものだが、それなりに困っていそうな人を放置していけるほどの強メンタルを律は保有していない。

「あの、休日でも管理人室のインターホンを鳴らせば常駐しているはずなので、その方のこと教えてもらえると思いますよ」

「ああ、マンションだと管理人さんがいるんですねえ。物慣れないもので、ご助言助かります。ただ今時、入居者の知り合いだと言うだけで部屋を教えてもらえるでしょうかね」

「あ。それはそうですね」

「ね。今日は私もあまり時間がありませんので、出直してくるとしましょう」

快活に笑い、紳士は花束を持ち直して「あなたはこれからお出かけですか」と尋ねてきた。

「あ、はい、駅前まで夕飯の買い物に」

「ではご一緒しましょう」

あくまで朗《ほが》らかに、しかし有無を言わさず律に並んでくる。特に断る理由もなく、律は紳士と同道することになった。

顔立ちは柔和《にゅうわ》で、なんというか和風出汁《だし》のような滋味《じみ》がある紳士。背は律と同程度。フランス料理のような派手な顔面の理央とは似ていないから血縁ということはあるまい。そのうえで、理央の様子を探りに来たのかもしれないと考えると――。

――理央父の秘書さん、とか……？

自身の想像に律は納得する。

元彼の社長秘書によれば、それなりの会社においては社長秘書はひとりではないらしい。秘書室長という社長の信頼厚いおじさまの下、数人で組織されているものだそうだ。となればこの紳士はその、秘書室長というやつではなかろうか。きっと実務的な部分は手足の秘書たちに任せ、お庭番的役割を担っているに違いない。

当然、まったく無関係の紳士である可能性もあるわけだが、とりあえず秘書さんと仮定するならば、律と同行する意味もわかる。

――もしかしたら、理央母が写真見せたとかで俺の顔、知ってるのかもしれないし。

しかし、そうなると理央父は長年の許婚が男だと判明したのに反対していないことになる。ガサツな律の父ならともかく、理央をして真面目と言わしめる理央父が、同性婚を問題としないなんてあるだろうか。たとえば、真面目人間だが、恋をするならば性別問わず、というリベラルさも併せ持っているとか。

――あ。だからこそ探りを入れてきてるのか？

同性婚がＮＧなら、探りなど入れずにバッサリ「婚約など破棄しろ」と命じればいいだけだ。相手の人となりを見よう、と考えているからこそこちらを探偵してくるのだとしたら、理央父が口を挟んでくるか否かは律次第となる。

ミステリー小説や冒険小説が好きなので、偵察されるというのはちょっとわくわくする状況といえなくもない。とりあえず融資確定まで婚約状態を維持するため、好感度が上がるよう頑張ろう。

さあ、どんな探りを入れてくるんだ秘書さん、どんとこい、なんて思考を律が巡らせていると。

「お夕飯は何になさるんですか」

「えっ。夕飯っ？　あ、俺としてはブリ大根にしたいんですが……」

「いいですねえ。私は少し甘めが好きです」

「甘い煮物、俺も好きです。ごはんが進みますよね」

「ええ。白飯もいいですが、あえて茶飯にするのもいいですね」

「なら汁物はさっぱりかき玉なんかにすると合いそうですね」

「ああ、それは美味しそうだ。羨ましい献立ですねえ」

花束を担いだロマンスグレーのおじさま――婚約者の父の秘書さんと推測――と庶民的ごはん談義をしつつ駅まで散歩。探られてるのかなんなのかわからないなあと面白くなってしまう。そのうちに目当てのSCに辿り着いた。

自分はここで、と紳士に別れを告げる律へ、花束がにょきりと差し出される。

「電車で潰れても花がかわいそうですし、貰ってやってください。また会いましょう」

「え、いや、あの、……はい。ありがとうございます」

紳士の言い分を聞くと断りきれず、律は白と緑で構成されたすっきりしたカラーリングの花束を受け取ってしまった。というか、また会いましょう、という予告はちょっとばかり怖い。まさかエントランスで自分を待っていたんじゃないだろうなと、つい愛想笑いになってしまう。

そんな律に、妙に様になるウインクを決めると秘書おじさまは颯爽《さっそう》と去っていった。

――……さすがに待ってたわけはないか。

律が出かけるとは限らないのだ。本当に部屋番号がわからず、そのまま帰るところだったのかもしれない。品がいいのに飄々《ひょうひょう》としていて、邪気を感じなかったせいか、あまりあの紳士を悪く思えない。

――それより、これどうしよ。

腕の中の花束を眺め、しばし律は悩む。

父親に探りを入れられているかもしれないと知ったら、理央は反発しそうだ。性格が似ているのでは、と言っただけでかなり嫌そうだった。最悪、父親に注視されるなんて面倒くさいとばかりに、婚約破棄を考えるかもしれない。理央にもなけなしのメリットがあるとはいえ、この婚約はほぼ律の事情によるものなのだ。

――とりあえず秘書さんらしき人に会ったことは黙っておくか……。

相手が何者なのか確定はしていないのだから、ひとまずは静観だ。

と、ひとつ悩みを片付けたところで、律は新たな悩みを鮮魚コーナーで抱えることとなった。

本当に自分の食べたいものでいいのだろうか。理央からは、好き嫌いはないという言葉を貰っているが、今の律が食べたいものは大変、若い男受けのしない献立だ。

――ブリ大根……秘書さんには好評だったけど、理央はどうかなあ。

律がこうして躊躇するのは、大学時代の元彼の影響が強い。キスを数回した程度ではあるものの、なんだかんだで初めて付き合った相手なのだ。一人暮らしなのに遊び回って仕送り日前には金欠になっていたその男に、律は食事を作ってやることがあった。しかしそいつのくださったありがたいお言葉は「魚とか煮物とか年寄りくさくない？」「料理できるっていうならもっとさーハンバーグとかパスタとかさー」等々。今思うとなぜ付き合っていたのか、つい過去の自分を全否定したくなるチョイスだ。

　ともかく、身内以外の人間に食事を振る舞ったのは後にも先にもそのチャラ男だけだから、律は自分の献立作成能力が微妙にコンプレックスとなっている。だがそいつと理央は別人なわけで。

　――くそ、悩んでても意味ないし。

　もう自分の食べたいものを作ってやると開き直り、律はどかどかとカゴに食材を突っ込んで歩いた。


「ブリ大根とは、渋いチョイスだなあ」

　いただきますの挨拶のあと、食卓に着いて早々に発せられた理央の言葉にどきりとする。その声音から、ダメ出しではないとわかっている、のだけれど、つい構えた返答になってしまう。

「お、俺が食べたかったから……」

「作る人が食べたいものが一番だよね。あ、甘めでおいしい。筍ごはんもいいね」

「旬でもなんでもないけど食べたかったんで……」

「うんうん。かき玉汁も美味しい」

「さっぱりした汁物が欲しくて……」

「こっちの浅漬けもさっぱりしてていいね。揚げ茄子《なす》の小鉢もポン酢がきいてていいな。ていうかなんで律、言い訳してんの」

　こんなにおいしいのに、と理央は豪快に箸《はし》を進め、筍ごはんをお代わりしていいか聞いてきた。

「いやなんか、俺が食べたいものって和食多めだから。食べたくて作ったけどいざ人に食わせるとなると評価が気になり」

「評価？　葉っぱ付きの花丸でしょこれは」

なんのてらいもなく最高評価をつけて、理央は「ごはん勝手によそうよ」と席を立った。家政婦さんがお代わりを用意してくれるような生活をしていたろうに、理央の腰は軽い。

――ああもう、ホントにいい奴。

あの、鮮魚コーナーで悩んだ時間が無駄中の無駄、キングオブ無駄、というくらいに理央の反応は良かった。ちなみに花束についても「スーパーのご来店一万人目で貰った」という雑な言い訳を信じてくれたりして、いい意味で大雑把だ。

そういえば、律が作るのは料亭で出すような料理ではない。完全なる家庭料理だ。

自宅での食事の支度は律が担っていたのだが、父親が「家の飯くらい気ィ抜いて単純にウメェって言って食いたいんだよ」という人間なので洒落た盛り付けや繊細な味付けはしたことがない。料亭風のものは期待しないでねという告白と共にそんな家庭事情を話すと、理央は素直に了解してくれた。

「そうだ、銀行の担当者にはいつ頃会おうか？　さすがに次の週末は無理かな。律は早い方がいいでしょ」

「あ……そうだな、理央は土日の方が動きやすいよな。向こうに時間空けてもらう話ししておく」

律から話題に出さなくてはならないことを、理央がさらっと提案してくれた。

「担当の人、どんな人？」

「チャラ男……じゃなくて、明るく楽しいお兄さん、かな。シチサンに髪の毛分けた銀行員を想像するとちょっと……いやかなりビックリする感じで」

仕事のときはわりと普通だったが、とある休日に偶然行き会った際、「こんにちは僕です！　松丸《まつまる》です」と目元にピースポーズで声をかけられて以来、銀行員松丸はチャラ男認定している。ちなみにチャラくはあるが元彼たちのように律に構ってきたりしないので、好みだと感じたことは一度もない。

「へえ。そういう人なら、婚約者が俺って言っても受け入れてくれそう」

「……あっ。そっか、同性婚か……すっかりすっぽ抜けてたわ」

自身がゲイということもあり、また理央とのやり取りが妙に心地よく自然なことも加味されて、この関係が世間一般ではやや不自然なものという認識がまったくなくなっていた。

そんな律に、理央が微笑む。

「思ったけど律、そういう偏見ないよね」

「えっ。俺は、うん。それより理央も『男同士なんて』って抵抗してたわりに偏見は無さそうだな」

「——あれはごめん。偏見があるわけじゃないんだよ、ゲイの友達もいるし。ただ恋愛事ってほんと嫌で、婚約がどうとかと自分を結び付けたくなくて、律が男だったからちょうど母さんたちの説得にいいなって気持ちが出たというか」

「ああ、そういうことね」

あっさり頷く律に、理央は探るような目線を向けてきた。恋愛が嫌、という気持ちがわかるのか、というように。

理央父に限らず、恋愛に浮かれる人は多い。多分理央の、他人と恋愛関係になること自体が嫌、という感覚はこれまで周囲にあまり理解されなかったに違いない。ただ、過去ふたりの彼氏が最悪だったせいで、恋愛はしたいけれど及び腰の律には、理央の言い分はよくわかる。

もしも恋愛嫌いを引け目に感じているなら、それは別に変じゃないと伝えたくて律は知恵を絞った。

「えっと、俺、ナマコ食べたことないけど嫌いなんだよね」

「……はい？」

ちょっと唐突だったようだ。律は先を続けた。

「美味いらしいけど見た目グロいじゃん？　食わず嫌いはダメだとか、食べてみたらとか言われても無理なわけ。だから理央も、恋愛したくないっての理解されにくくて困っちゃうだろうけど無理なもんは無理だからいいんだぞーと。そういう意味では俺と同じというか」

理央の眼が、まん丸になって真正面からこちらを見た。

「あっ、別にナマコ好きをディスってるわけではないからなっ」

「……わかってる」

頷いた理央の肩がふるふる震えだす。楽しんでいただけて何より、と律が見つめる中、こらえきれなくなったらしい笑いを理央が爆発させた。

「律はほんと、面白いな。そっか、俺ってナマコが食べられないようなもんだったんだ」

「お、なんだ、さては鬱屈してたなお前。恋愛なんかしなくたって理央は気遣いあるし面白いし、ナマコよりかなりランク上だから気にすんなよ」

「ナマコとランク比較されるのはさすがにひどい」

「でも美味いらしいぞ」

「律は食べられないんでしょ」

いい歳をした男が食事中にゲラゲラ笑うネタでもないと思うのだけれど、理央の笑いが伝染して律も面白くてたまらなくなってしまった。

「はあ、笑った。明日はタラたち連れてくるから。仲良くしてあげてもらえると嬉しいな」

一区切りつけたような息と共に、理央が微笑む。緩くほどけた眼差しがやさしい。

「おう、任せとけ。路上の猫に冷たくされるのに慣れてるからな、家の中にいてくれるだけで仲良くなったも同然だ」

クール猫でもスルー猫でもどんとこいだ、と実家近くの地域猫たちの塩対応を思い出して悲しい瞳になりながら律は胸を張った。

§　§

ふわふわしている。

何が、といえば、律の髪だ。

会社帰りに実家から連れてきた猫たちが新居内を探検するのを律が見守っているのだが、よほど猫の存在が嬉しいのか、鼻歌でも歌っているようなリズムで頭が揺れている。右に小さく二回、左に小さく一回、首を傾けるのを繰り返す。猫に怖がられないように観葉植物のつもりでいる、と床に座り込んでいるが、こんなに揺れる観葉植物はない。

揺れる頭に合わせ、キジトラ猫色の髪が素直に流れる。

――天パではないんだけど、ふわさらだよね。

触れてもいないのにどんなさわり心地か見当がつくのは、質感までも飼い猫わらびに似ているからだ。ソファに腰かける理央の前でほわほわされると、モフモフしたくなってくるから困る。彼は人間であって猫ではない。そう気安くモフるものではないだろう。

でも、さわりたい。

揺れる律の後頭部を撫でたくなる衝動を押し殺しつつ、理央は「もしも律が猫だったら名前はなんにしよう」なんてものすごくどうでもいいことを考え始めた。

4

理央との暮らしが始まり、週の半ばを越えた。ほぼ初対面の状態から寝食を共にして四日、普通なら気疲れが出てきそうなものだが、案に反して日々は非常に順調に――秘書らしきおじさまとも遭遇していない――過ぎた。気は合うだろうなというのは日曜の夕食の時点でわかっていたことだし、実際生活には何も問題はない。

勿論理央がいい奴だという大前提があるにしろ――猫。猫との生活がこんなに和むものだとは律は思ってもみなかった。

――この尊さ、プライスレス……。

夕食後で、理央はカウンターの向こうで食器洗い中だ。律の方はソファの脇の床に直座りして、洗濯物を畳みながらでれでれの顔で猫たちを眺めている。

キッチンのカウンターに乗って理央の手元を一心に見つめる、タラことタラの芽は黒猫だ。後頭部に白ペンキを二滴、垂らしたような模様がある。ビックリマークのようでかわいらしい。タラは理央にべったりの理央大好きにゃんこのため、今のところ律はさわらせてもらえていない。

わらびは、茶と黒のしましま長毛で紳士な猫だ。動きがすべて優雅で、食事の要求は一声鳴いてエサ入れ前に待機、トイレ掃除の要求も然《しか》り。待ちの姿勢の座り姿が大変紳士である。たまに律の足にすりっと身体をこすって歩いてくれるが、基本的にはひとりでソファの背もたれの上で寝ていることが多い。理央によると相談に乗ってくれる唯一の猫らしいが、猫に何を相談しているのだろう。

あと一匹、ゼンことゼンマイはとにかくやんちゃだ。アメリカンショートヘアっぽい模様で――全員保護猫だというから理央の好感度がまた上がった――他の二匹は初日は律には近づいてこなかったのに、ゼンは転がされたボールに夢中でじゃれかかり、床に座っている律に三度も激突してきてそのままそばでボールを齧《かじ》っていた。

ちなみに今は律が畳む洗濯物にちょっかいを出して転げている。かわいすぎてウキウキしてくる。律が手にしたタオルを振り回すと、ゼンは飛び上がって空中で伸身宙返りをした。

「おお～ゼン選手の大技！　これはかなり高い得点が期待されますね～なんつって、ふ、ふふふ」

「律は猫バカの素養があるよね」

「ぎゃっ」

連続ジャンプを決めるゼンに適当な解説を加えてひとりで悦に入っているところを見られた。見上げると、洗い物を終えた理央が両手にマグカップを持っている。先頃テレビで体操競技を観たせいでこんなことをしただけであって、と言い訳をしてみるものの、理央の目が生温かくて切ない。

「いいじゃん、猫かわいいいんだもん……」

「誰も悪いとは言ってないでしょ。俺だって、段ボールにタラが入ってるの見るたびに『なんてことだ、こんなかわいい猫が捨てられてるぞ！　うちに連れて帰ってかわいがろう』って寸劇してるし」

「……家で？」

「家で。みんなママゾンから届いた段ボールが好きで、中に入るんだよね」

「うわーそれ見たい。なんか頼も」

「それより洗濯物畳んでください」

通販サイトを開こうとスマホを手にした律に無情な声が降ってくる。はあい、と拗ねた返事をする律の鼻腔に、理央が淹れてくれたレモンティーが香ってきた。お茶など各々が淹れるのが普通、と言っていた理央が律の分もこうして用意してくれるのは、ここが職場ではなくプライベートだからだろうか。律の好みに合うようにレモンポーションを落としてくれているのも嬉しい。

「お茶淹れてくれたんだ、サンキュ」

「自分のついでだから」

ローテーブルにカップを置き、理央はすとんとソファへ腰かけた。床に座る律の真横に。

——近い……。

律はソファの座面を背にしているものだから、理央の長い脚が自分の脇にによっきりと存在していることになる。洗濯物を畳むために腕を動かしたら自然と触れる程度の距離だ。

理央が近くにいるのが嫌なわけでは、勿論ない。

ただ、エロスな状態でもないのに人の体温が近くあると律は、離れた方がいいのではないかと気を回してしまう。ひとえにそれは、社長令嬢と二股していやがった元彼のせいなのだけれど。

――エロいことするとき以外はべたべたしたくないってさんざん言われたからなあ。

本来、律は構われたがりだから人とくっつくのは好きなのだ。なのにあの秘書チャラ男と付き合って以降、友人相手でさえ、距離が近いと「いいのかな」という気分になってしまう。

理央と暮らし始めて四日、この「いいのかな」気分が何度となくあった。

――どうしてそばに来るんだろ。

理央母の言葉通り、リビングは大変広い。キッチンカウンターの前にスツールが二脚、四人掛けのダイニングテーブル、三人掛けソファとローテーブル。さらに壁面いっぱいになるくらいの大型テレビとどっしりしたポールハンガーが置かれてもまだなお余白がある。なのに理央は普段からちょこちょこ律と同じソファに座るし、寝転がって床暖房を楽しんでいればクッションを持ってきて近くに転がる。

直接構われているわけではないのだが、自然体でそばにいられると、くすぐったい気分になる。

理央は好みではない、はずなのだけれど。恋愛にはちょっと疲れて無期限休業のつもりだった、のだけれど。

むずむずした考え事のせいで洗濯物を畳む手が疎かになっているのを自覚しつつ、ちらりと律は横目で理央を確認した。だが、どうして理央は自分の近くに来るのかな、なんて甘っちょろい物思いは
――ソファの背もたれの上で眠るわらびの腹に顔を突っ込んでいる理央の姿で吹っ飛んだ。

「そういうことかーい」

思わず小声のツッコミが口から零れる。律のそばに来たのではなく、わらびの腹を吸うのに適した場所に来ただけだったのだ。わざわざ身体をひねってまですることなのだろうか。

「なあに、どうしたの」

当然ツッコミが聞こえていただろう理央が、もふもふの中から顔を上げた。

「あ、いや、なんでわざわざここに来たのかと思ったら、猫吸いしてたから」

「猫がお腹見せてたら吸うでしょ。律もそのうちわかるよ」

猫と相思相愛の男の上からの物言いが大変羨ましい。いつのまにか黒猫タラはカウンターからソファの座面に移動してきていて、理央の右手はその腹を撫でている。

「うう、たしかに早くわかりたい……」

「ゼンならそろそろいけそうだけど。後ろ抱っこできるようになったら頭のてっぺん吸うといいよ」

腹を吸われようが撫でられようが眠り続けるわらびの毛に左手をもしゃもしゃ埋もれさせながら、理央が猫吸い指導してくれる。たしかにゼンなら、ごはんの催促を律にしてくれるようになってきたしいけるかもしれない。わくわくした気分で畳んだ洗濯物の上で眠り始めたアメショ風猫を見下ろす。

そんな律の髪に、何かが触れた。一瞬風が吹いたのかとでも思うような、ささやかな接触。なんだろうと見上げると同時、今度は明らかに人の手が触れているのだとわかる動きで、耳元の毛が梳《す》き上げられさらりと落ちた。

「へ」

髪を、さわられた。

ただそれだけのことだけれど、びっくりして頭を真っ白にしたまま見上げた律の目に、屈託ない理央の笑顔が映る。

「律、思ってた通り猫っ毛だなあ。さわり心地がわらびと似てるってすごい」

「え。あ。お、おう」

どっと顔が熱くなって、挙動不審な返事を律はした。

いくらなんでもこれはびっくりする。しても仕方ないと思う。別に、理央に特別な感情を持ってはいないけれど、だってタイプじゃないし、年下だし、いやそりゃあ気遣いもあるしごはんも美味しく食べてくれるし律の好きなレモンティーも淹れてくれるけれど、でも、まだ一緒に暮らしだして四日しか経っていないのだから、特別な気持ちなど芽生えているはずがない。単に、いきなりの接触に心が驚いて、それで顔に火がついているだけだ。それだけだ。

ぐるぐるぐるぐる起点も終点も定かでない思考が回る。そんな律の髪を、猫の毛を梳くように指五本全部を使って柔らかな力加減で引っ張り、理央は朗らかに「ハゲには気をつけてね」なんて言いやがったのだった。

律が、その脚をポカリと叩いてやっても罪にはならないだろう。だが律の暴力的抗議に声を上げて理央は笑う。

なんだこれじゃれてるだけだな、と気がついて、律の胸のこそばゆいむず痒《がゆ》さは余計にひどくなった。

「……土曜日、十一時に銀行で面談だから、よろしくな」

未だに畳み終わらない洗濯物をうじうじと弄り回しながら、律は何か硬派な話題はないかと探し、週末の予定に言及した。

「うん、空けてある。そうだ、終わったらお昼ごはん外で食べようって思ってたんだ」

「おっけー。新宿《しんじゆく》なら、知り合いの店があるからそこにしよ」

律の言葉に快く頷いて、理央はわらびの腹に顔を埋める作業に戻ったのだった。

土曜日は秋晴れの気持ちのよい休日だった。

普段の出勤がカジュアル着の律は先週の強制見合い時と同じダークグレーのスーツ、理央はネイビーの上着にグレーのボトムという超基本のジャケット&パンツ姿で――理央の高校の制服と同じカラーリングなのに高校生じゃなくてちゃんとしたビジネスマンに見えるから不思議だ――約束の時間十分前に銀行へと着いた。

休日で人のいない受付のインターホンを押すと、待つほどの間もなく担当の松丸が現れ、応接室へと通される。銀行二階の融資相談カウンターではないのは、婚約者が沓名グループの御曹司だと伝えてあるからだろうか。

「本日はご足労いただきましてありがとうございます」

「こちらこそ、いきなりだったのにこんなに早くお時間取っていただきありがとうございます」

お互いに定型の挨拶をした後《のち》、席を勧められてふたりは腰かけた。

実際、松丸のフットワークは軽く、月曜にアポイントの電話を入れた律へ「では今週末どうでしょう」とすぐに折り返してきたのだ。

「本日は神楽坂様がご婚約なさったということでご挨拶にいらしてくださったのですよね」

「あ、はい。ええ、こちらは沓名りー――まさちか。俺のこ、婚約者になります」

ついくせで理央を「りお」と呼びかけて脇腹を肘でつつかれる。慌てて「まさちか」と正式名称を告げるも、そんな律を眺めた松丸が、偏見などひとつも見当たらない温かな眼差しを向けてきた。

「もしかして、いえもしかしなくてもおふたりは、そういうことですね？　そういうことなんですね？」

「そういう……あ、ええ、どちらも男なので驚かれたかもしれませんが先般同性婚ができるようになりその——そういうことになりますね？」

婚約者だと紹介しているのだからそういうことも何もないのだが、何やら松丸は大変ご機嫌でうんうん頷いている。

「あの、松丸さん、偏見とかないんですね」

「偏見などございません。商売柄ということもありますけれど、元々個人的に同性婚には賛成でしたのでこのたびの法改正は大変喜ばしく思っております」

にこやかな、まるで祝福の光が頭上から降り注いでいるかのような松丸の笑顔に、ふと影が差した。

「ただね……申し上げました通り商売柄、同性婚が可能となってからそういうお客様とお会いすることも増えたのですが」

「えっ。自分たち以外にも同性婚っているんですか?!」

「いらっしゃいますよ。事業援助や拡大などのために、政略的経済的結婚したくとも娘さんがおらずできなかった方々が、利用なさるわけですよ。同性婚を」

なるほど、まったく思考がそこに至っていなかった。同性婚は結婚という形が欲しかったマイノリティ達への祝福のみならず、もしかすると経営者サイドにとっても有効な法改正だったのかもしれない。

——理央の家から直接援助受けるわけじゃないけど俺も似たようなもんだしなあ。

そんなことを考えた律へ、松丸は「でもホッとしました」と身を乗り出してきた。

「本当に、僕は絶望してたんですよ。同性婚ていうのは今まで結婚したくてもできなかったピュアな人々のためにあるべき法なのに、どぉうして金満家たちの懐をさらに肥やすための手段にされてしまっているのかとほんっとうに絶望してたんです。でも神楽坂様たちは違うんですよね。ちゃんとそういうことなんですよね」

「そ、そういう、こと」

政略的経済的手段とは違う婚約。それは――。

――理央が好きで婚約したと……。

ひえ、という声を喉の奥に押し殺すも、顔は多分赤くなっているだろう。いやいや自分はこんなに照れたり赤面したりするような人間ではないはずなんだけど、と律はテーブルの上のコーヒーに手を伸ばす。とにかく落ち着こうと一口を含んだところで、松丸が、

「とてもお似合いですよ！」

などと言い放った。噴き出すわけにはいかないコーヒーを無理矢理飲み込むがむせてしまう。

「ああもう、大丈夫？　律は見た目より粗忽《そこつ》で……」

理央がいつも通り苦笑しつつも律の背中をさするなど世話を焼いてくれるが、これがまた松丸曰くの『そういうこと』を補強したらしく。

「いいえ、仲がよろしくて僕は大変満足です！」

満面の笑みでサムズアップしたチャラい銀行員は、面談終了後、審査部には絶対に満額融資するよう話を通すと大見得《おおみえ》を切って律と理央を見送ってくれたのだった。

§　§

「……面白い人だったね」

銀行をあとにすること数十メートル、律の知り合いの店とやらへ昼食に向かいながら、理央は思い出し笑いをした。

銀行員にしては明るめの髪色と、明け透けな物言いをする男だった。律が『チャラ男』と口走っていたが、陽の気に溢《あふ》れまくっていて、あれがいわゆる陽キャというものなのだろう。

隣を歩く律も面白く気楽な人間だが、陽キャとは何かちょっと違う。もっと落ち着く、一緒にいて安心感のあるタイプだ。こういうのはなんていうのだろう、と理央は律を見下ろす。

しかし普段は猫に蕩《とろ》けた笑みを見せている律は、整髪料で整えた前髪を引っ張りながら「ごめんな」と謝ってきた。

「松丸さんの言う『そういうこと』って、その、俺と理央がれ、恋愛結婚するんだろって意味だったんだよな。最初よくわかんなくて否定できなくて」

お前は恋愛とか嫌な奴なのに、と心持ちしょんぼりとした横顔が呟く。

――まあ、たしかに恋愛事にはノータッチで生きたいけど。

律の、ナマコに対する拒否感に比するほどではない。少なくとも今は律との関係を誤解されたことに抵抗はなかった。そもそも松丸の言葉に即座に返答できずにいたのは理央だって同じだ。なのに、理央の気持ちを気にして落ち込んでいる律は、かわいいと思う。

「別に、そんな嫌じゃなかったから謝ることないのに」

へアワックスで軽い束感と共に後ろに流された猫っ毛が、律の歩みにあわせてふよふよと揺れる。けれど後頭部はいつも通りに柔らかそうで――つい、理央は手を伸ばした。

「律なら、もう性格わかってるし」

髪の中へ指先を潜らせると、猫を撫でているときのような多幸感で心が浮つく。びくりと身体を硬くした律が、恨めしそうに「路上でモフられるのはちょっと」と文句を言ってくる。

そういえば休日の新宿なのを失念していた。髪を愛撫《あいぶ》するなど、それこそまるで自分たちは同性カップルに見えたことだろう。

――まあ、でも、問題ないか。

元々融資のために婚約者状態を継続したのだから、他人からそう見えるのはある意味願ったり叶ったりとも考えられる。

「わざわざ偽の婚約してるんだし、俺と律が『そういうこと』になってるって見えるのはまあいいんじゃない？」

理央にしてはかなりポジティブに婚約というものを捉えたつもりの言葉だったのに、律はなぜだか冴《さ》えない様子で「偽……うん、そだな」と小さく口角に笑みを浮かべた。

新居で迎える初めての日曜の朝は、スマホのコール音で始まった。

マンションではあるもののすべての部屋をルーフバルコニーが取り巻く造りとなっているので律の部屋にはカーテンの隙間から朝陽が差し込んでいる。

「……もしもし。母さん？　まだ七時なんですけど……」

実家は土日祝日が定休日のため家族協定で八時まで寝ていていいことになっている。父親などは寝ていられるかとばかりに起きて庭で竹刀の素振りなぞをしていたけれど、律は「俺はまだ若いので」と朝食作りに間に合うぎりぎりの時間まで惰眠《だみん》を貪《むさぼ》っていた。

今日だって理央に「朝飯は八時半に出来上がります。それより先に腹が減ったらパンでも焼いて」とだらけ宣言をしておいたというのに、まさかの実母の電話攻撃。

朝からテンション高めの母の声に文句を言うも、まったく堪えない母はひどいことを言い放った。

「だって、早く起こしてあげないと用意が大変じゃないかなって思ったの。今日のお昼、圭子とそっちへ様子見に行くわねえ」

「えっ……はい?!」

二度寝しようという目論見はあえなく潰え、律はひやりと清涼な十一月初旬の空気の中に起き上がった。

「お昼とデザートは持ってくからお掃除だけしといてちょうだい。十一時頃着く予定よ。じゃあね」

「ちょ……こっちの都合！」

勝手に決定しないでと食い下がろうとするも通話は無情に切れた。こうなったらかけ直して抗議しても無駄だ。来訪を断れるような予定もないことだし。

仕方なくベッドから降りたところでドアがノックされた。返事をすると控えめに開いた扉からゼンがにょろりと入ってくる。秒で顔がにやける。喉をゴロゴロ鳴らしながら律の足に、すり、と身体をひとこすりするものだからたまらない。だが続いて顔を覗かせた理央は、

「律、母親から電話あって、今日来るって……」

しょんぼりとした様子で訴えてきた。


宣言通りの時間にインターホンが鳴ると、床暖房の入ったリビングに点々と寝転んでいた猫は——猫業界では「猫が落ちている」というらしい——一斉に起き上がり、理央の寝室へと隠れに行った。警戒心が強いのがかわいい。いつか自分の部屋も避難所にしてくれ、と律は心密かに願う。

しかし今は猫の行動に一喜一憂している場合ではない。最凶母親コンビの襲来である。気を引き締めないと理央とのロマンスを要求されるかもしれない。

——それはダメだ。絶対ダメ。

うむ、と頰を叩き、自室のドアを閉めて猫の脱走を防いだ理央と共に玄関のドアを開けた。そこには母親コンビにプラスして、律の父もいた。

「おうなんだ、えらい洒落たマンションじゃねえか」

開口一番ガハハと笑う、口調に合わないダンディな外見の父親は、店の仕出し弁当の包みを律に押し付けてきた。そうして視線を横にすうっと動かすと、謎の眼力で理央を一瞬で品定めしたうえで頭を下げた。

「うちの母さんがわがまま言ってすいやせんね！　まあ律は悪い子じゃあねえんでかわいがってやっ

てください」

「ちょっと！　かわいがるって何！」

おかしな言い方しないでくれとつい喚《わめ》いてしまう。しかし母より手に負えない父親は、「なんだよ、学校の先生方にだっていつもこう言ってたろ」と、しれっとしたものだ。

たしかに、それはそう、なのだけれど。

過剰に反応した自分が悪いのかと、ぐぬぬと口角を下げる律を見て、理央が肩を震わせた。

結局母親たちが何をしにやってきたのかというと、自分たちで選んだ物件がどのようにいいものか、実際暮らしだしたふたりに誉め称えてほしかったかららしい。

床暖房に始まり、夏にはビアガーデンにできそうな広いルーフバルコニー、浴室乾燥機に陽の光の差し込むキッチンなどそれぞれを自画自賛し、さらにせっかくホームシアターを設置してあげたのに使わないのはもったいない映画を観ろ、と勧めてくる。

暇な時間の使い方なんて好きにするよ、と憎まれ口を叩きつつも、膝に乗るようになってくれたゼンを撫でながら大画面で映画を流すのは大変贅沢ではないかと律はうっとりした。

あれをしろこれをしろというアドバイスのあとは、質問攻勢だ。帰りは何時になるんだとかスーパーはどこを使うのだとか夕食は一緒にしているのかなど、生活についてのあれこれをタイムスケジュールまで含めて細々問われる。

面倒だなあと思いつつも、楽しくうまくやっていることをお互いの口から話すと、親たちは安心したようだった。

逆に自分たちがいなくなったあとの実家はどうなのだろう。尋ねる律へ、母にベタ惚れの父は「長年住みついてた息子がいなくなったんで母さんとラブラブだ」と笑った。アラ還男がラブラブなんて言葉を使わないでほしいものだ。ちなみに理央母の方は、理央の猫がいなくなって家が寂しいので新しい猫を探すことにしたという。こちらもひどい。

「そうだ、父さんにはうまく誤魔化してくれてるんだよね？」

今のところ何も接触はないから大丈夫だと思うけれど、と理央が理央母に改めて詰め寄った。

「えっ。まあ、そうねえ、誤魔化すっていうか、ええと、り、理央ちゃんのところにパパ、来てない、でしょ？　ねえ？」

ぱちぱちと何度も瞬きをして、いつも通りののんびりした口調で理央母は頷く。理央はそれに対し、

「ならいいですけど」と肩の力を抜いている。

が。律は、理央母の様子に不審しか感じない。

――これは喋ってるよなあ。部屋番号は言ってないのかもだけど、理央と俺がこのマンションに住んでるのはバレてるだろ、これ。

となれば例の紳士はやはり理央父から派遣された秘書さんなのだと確信できる。律の写真を見せたのでは、という先週の推測もおそらく当たっている。

どんな話をしたんだろう、と律がじっと理央母を見つめると、その視線に気がついたのかよりいっそう激しく瞬いて、「やあだ、私の顔に何かついてる～？」と誤魔化すような笑顔になったのだった。

そんなふうに、ちょっとした腹の探り合いもあったけれど、普段ふたりきりの食卓が賑やかになったのは思いのほか楽しかった。久々に食べた父の本気料理も美味しかったし、理央がそれを喜んでくれたのも嬉しい。ほぼ母親たちのお喋りに付き合う形で、三時のお茶を一時間かけて飲み終えた頃、

親たちは席を立った。

玄関口へと送る途中、猫をしまった部屋のドアを黒猫タラが開けてしまうというアクシデントがあった。「すみません」と理央が場を外して再び猫をしまいに行く。とにかく脱走には気を付けなくてはならないので、玄関に設置する柵を注文済みだ。

「婚約者が男って母さんから聞いた時は何言ってんだと思ったけどよ」

「ん」

タラを抱えた理央がリビングの奥へと行ったのを眺めていた父親が呟いた。

「飯の食い方がきれいな男に悪いヤツはいねえ」

「まあ、好き嫌いないし美味そうに食べるし、作る側としてはありがたい奴だよ」

この一週間、律の食べたいものばかり作ってきたのに難色を示されたことはただの一度もない。律の言葉にニカっと笑った父は、戻ってきた理央の目の前でばんばんと律の背中を二回叩いて「仲良くやれよ」と片手を上げて去っていった。本当に、恰好だけならダンディなのだ。

「お父さん、かっこいいね……」

喋り方も仕草も男らしいと、閉じたドアを眺めてしみじみと感じ入る理央に、「騙されるな理央」と、律もまたしみじみ忠告したのだった。


しかし、中途半端に時間が空いてしまった。本当なら今日はのんびり起きてのんびり朝飯を食べ、昼はこの辺りをふたりでうろうろして手軽に食事できる店を発掘する予定だったのだ。

「どうしよう？　夕飯食べられる店の発掘に行ってみる？」

「それもいいな。西京焼《さいきょうや》き漬けてあるけど明日でもいいし……」

「え。西京焼きいいな。そっちのが食べたい。母親がチーズ持ってきたからうちでお酒飲もう」

ぱっと目の色を明るくした理央が、自分の出した夕飯の店発掘案をポイ投げし家飲みを提案してきた。そういえば冷蔵庫に母がお勧め日本酒を勝手に突っ込んでいった。食事作りも酒も好きな律としても否やはない。

「じゃあ映画観ながらにするか。ホームシアター使えって言われたし。夕飯、つまみにシフトするわ」

「俺はママゾンプライムかメトフリで何か面白そうなのないか見繕っておこう」

相変わらず腰の軽い男は、すぐに立ち上がって自室へノートPCを取りに行った。律もその行動力を見習い、つまみの構成を考えるべく冷蔵庫へと向かった。

明日が月曜であることを考えると、あまり夜遅くまで飲むわけにもいかない。少し早いが六時から宴を始めようということになり、理央は映画選びとケーブルのセッティングを、律はつまみ作りに奔《ほん》走《そう》することとなった。

「飯、ダイニングじゃなくてソファの方でいいよな」

理央の返事を聞くより先に、律は出来上がった料理をソファ前のローテーブルへと運ぶ。ソファの方がテレビに近いのだ。やはり映画は画面の近くで観たい。

「おいしそうだね」

みぞれのような白い磨りガラスの徳利《とっくり》とお猪口《ちょこ》を手に、理央がやってきた。

「では、一週間お疲れ様でした？」

「むしろ母親襲来お疲れ様でした、だな」

冗談めかした言葉と共に酌をし合って盃《さかずき》を交わした。

西京焼きにチーズ盛り合わせ、ジャガイモのガレットと、完全にありもののメニューだ。緑がない、と気づいて冷凍しておいたほうれん草におかかをかけて出すと、理央は尊敬の目を向けてきた。かわいい奴だ。なんにしても肩肘張っていない献立なので、だらだらと摘まむのにふさわしい。

「映画はこれにしたよ。『特捜部P』。未解決事件の再捜査班に回されたやる気のない刑事が、同僚の淹れる超濃い抹茶飲むと頭脳キレッキレになって事件解決してくやつ。シリーズもので一作目だけ観たんだけど面白かったから」

「観たことあんの？」

「せっかくだからもう一回観たいなと思って。ネタバレはしないから安心してよ」

「んじゃそれにしようかな」

どうやらコメディのようだし、酒を飲みながらまったり観るのに向いていそうだ。

……なんて思ったのが間違いだった。コメディにしては画面が暗いなと思ったら、キャラがコメディ仕様なだけで中身は骨太なサスペンスだったのである。

最初はソファに座っていた律だが、実家は和室が多かったので床に直接座る方が実は律には楽だ。それプラス、大きくて重いソファは背もたれにするのにちょうどいい。そんなわけでつまみがなくなってから律はソファ前の床に座り込んだ。行儀よく腰かけて映画を観ていた理央も、律が床へ下りたのをいいことにソファの座面に寝転ぶ。横長の三人掛けのソファだが、長身の理央が横になるとちょうど律の頭の後ろ辺りに理央の顔が来ることになる。

——画面見えてんのかな？

気になってちらりと後ろを窺うと、片肘を立てて頭を支え、ちゃんと見えるようにしていた。面白い映画を勧められても、すでに見ている人間が別のことをしているのは温度差ができてしまって苦手だ。理央はちゃんと楽しむ気があるようで、そういうところもいいなと律はホッとする。

映画は面白く、惰性で酒を口に運ぶものの酔いが回るほど飲む気にもならない。物語中盤、やる気なし刑事と抹茶刑事が反目しだしたあたりで律は盃をテーブルに置き、画面に集中し始めた。

だがそんな中、いきなり首筋に何かが触れ、ひゃっと肩を竦《すく》める。

まさかまた理央か、と思うより早く耳元にぐるるんぐるるんと猫の喉が鳴る音が聞こえた。ソファの上から律の背後に回ったゼンが、すりついてきたのだ。

――かわいすぎでは……？

映画の方はそろそろ佳境、目を離せないままゼンの好きなようにさせておくと、肩を経由して律の膝に乗ってきた。温かい重みのある毛玉。腹の底からふひっひと変な笑い声が漏れるまま、律の胡坐ベッドで丸くなった猫を撫でる。これはまさに律の望んだホームシアター活用法だ。

やがて、最大の局面を終え被害者の救出と犯人の確保が終わり、大団円へと話が向かう頃。耳元にまた触れるものがあった。ゼンは未だ律の膝だ。では控えめながらも律に挨拶するようになってきたわらびかと思うが、紳士な猫はテレビ前に落ちて床暖房を満喫している。

タラ、ということもない。理央にのみべたべた甘えっ子な黒猫は律にはまだ冷たい。

ということは、と結論が出たところで髪の毛で隠れたうなじを、つ、となぞり下ろされた。

「理央……っ！」

触れられたうなじを押さえて振り向くと、酒に酔った男前は片肘をついてしどけなくソファに横たわっていた。蕩けた笑顔が律に向けられている。

「路上じゃなければいいでしょ？」

ふふふと声に出さずに含み笑いする理央に、律は無言で赤面してしまう。多分、銀行帰りの路上モフを咎《とが》めたせいでこんなことを言うのだろうが、そのセリフは微かなエロスを含んでいる気がする。

「律の頭見てるとなんか、四匹目の猫飼ってる気分なんだよね……」

当の律の様子など目に入らないのか、モフモフと髪の毛に指を通すことをやめる気配はない。

たしかに理央の手つきは、人間同士が触れ合うときのニュアンスのある指使いではなくて、猫をモフるときのあれだ。だがその方が逆に撫で撫でしてかわいがりたい欲望丸出しでいやらしい気もするわけで、律の顔は際限なく熱くなってゆく。

頭に乗せられた手のほんのりとした重みとか、手のひらの大きさとか、そんなものが胸の柔らかい部分をぐずぐずとくすぐるせいで強く止《や》めさせることができない。

「映画、観られないだろ」

「ああ、ごめん」

猫がいるとついさわっちゃう、と言い訳にもならないようなことを呟いて理央の手が離れてゆく。

――俺は猫じゃないんですけど。

心の中で文句を言うも口は動かさず、律は拗ねた気持ちで膝上のゼンを抱きしめた。眠っていたかったらしい猫は、んんん、と小さく鳴くと逃げ、床に落ちて長く伸びた。

――理央への好感度は高いですよ、そりゃ。

けどね、と夜の寝室、天井を眺めて律はため息をついた。

本当に初対面から、理央の印象はよかった。服の趣味も好みだし、食の好みが似通っているのもよかったし、糠や暖簾みたいなあの母親連合に対決を挑んでいく真面目さも評価していた。

だがしかし。

だからといって、あんなさわられ方をしても許せるというのはちょっと違うと思う。好感を持っている相手にだって触れられ方次第でセクハラと感じることもある。大学の先輩に触れられて、微妙に嫌な気分になった過去があるため強くそう思う。しかもその先輩はノンケだったわけで、相手にセクシャルな意図はなかったにも関わらず、だ。

けれど、理央には髪の毛をあんなに撫でられているというのに――。

――……感じないんだよなあ、嫌だとは。

それどころか勝手に顔が熱くなって動揺してしまう。

まだ一週間なのに、こんなに気持ちがほわほわしてしまっていいのだろうか。いやよくない。

だってこれは先日理央が言った通り「偽」の婚約なわけで、どこかの時点で破棄するべきものなのだ。理央のスキンシップは猫飼いゆえのものであって、恋愛的な意味でなど捉えてはいけない。

「はあ……」

ゲイだと言わなかったのは不正解だったかもしれない。言っていたらさすがに、恋愛対象にされることを恐れて理央はこんなにさわってくることはなかったと思う。

でも今さら、なんのきっかけもなくカミングアウトする気にもなれない。告解した途端に壁を作られてしまったら落ち込むし、その選択を後悔するだろう。

――そういえば親父の奴「かわいがってやってくれ」なんて言ってたな。変に思われたらどうすんだよ。

色々な意味でうるさそうだから母親には内緒にしているが、高校時代にゲイの自覚を得た律は、父親にだけ告白してあるのだ。だからきっと理央を律の恋人のように思ってあんなことを――。

「ん？」

考えてみるとこの婚約は、融資の審査のための大変利己的なものであると、律からは父に言っていない。融資に関しては、「とりあえず審査してもらうことになったから」とだけ伝えてあり、婚約の詳細は母から説明するよう頼んでいたのだ。律から事情を言えば、「金のために婚約なんざするんじゃねえ」と怒りだすことは確実だし、「そんなら二号店なんざ出す必要ねえ、白紙だ白紙」となるのも目に見えている。恋女房である母だけが、父を抑えることができるので一任していたのだ。

まあ、それにしたって少しは理央との婚約を咎められると思っていたのだが、今回それはなかった。ということは。

母親は本当に婚約したと父親に説明した可能性が高い。「会ったらどっちも男の子だったんだけど、意気投合しちゃったのよ」とかなんとか適当な理由をつけて伝えたら、律がゲイであると知っている父親はさくっと納得してしまったのではないだろうか。

「偽婚約って言いにくくなるじゃん……！」

銀行の松丸も父親も、今回の婚約を打算などない真実の婚約と思っているとは。このふたりに「実は融資のためでーす」などと説明したくない。反応が怖い。

なんだか順当に外堀を埋められている気がする。母親連合はもしや本当に律と理央の結婚を望んでいるのか。

それが、最初ほどありえなくやめてほしいことだと思えなくて律は困る。

十一月に入りにわかに寒くなってきたが、納戸にはきちんと厚手の布団も用意されていた。この抜かりない寝具の用意は、同居が続くことを願ってのものだろう。律の困った気持ちは余計に深まった。

6

「偽」の婚約。

そうなんだよなあ、と律は帰りの電車の中、窓に映る自分を眺めながらぼんやり考える。

松丸の話によると、融資の審査決定まではひと月ほどかかるだろうということだった。だからこの生活があと一ヶ月続くのは確定だ。

けれど、自分に縁談が来なくなるまで婚約していてくれ、なんて言っていた理央が、その同じ口で婚約状態のことを「偽」と表していたから、やはり本音ではいつか終わるものと考えているはずだ。

――融資が下りてすぐ婚約解消……は、あまりにも現金すぎるからナシだよな？

さすがに即日、審査時と条件を異にするのは信用問題としてよろしくない。

だとすると婚約破棄のXデイは最短でいつになるだろう。

そもそもこの婚約を願い出たのは、ランチ営業に父親が頷かないため満額融資が受けられないからだ。店側の計算上は、ランチ営業をしなくとも返済に問題はない。となると、決算書類提出でランチ営業しなくとも大丈夫だと認められれば婚約解消はさほど問題にはならないと考えられる。

——あと五ヶ月くらいか……。

春を迎える頃となる。結構先が長い。

はあ、と律は複雑な自分の心境にため息をついた。

まるで早く婚約状態から抜け出したくてそんな期日の計算をしているみたいだが、違う。

たった一週間で理央との生活に恐ろしいほど馴染んでしまったことを考えると、この先の五ヶ月でどうなるのか、想像がつくから困っているのだ。

元彼はどちらもチャラ男で、相手からのアプローチを受けて付き合い始めていたから、付き合うより先に、こんなに相手のいいところばかり見えてしまうなんてことは今までなかった。理央は好みのチャラ男ではないのに、どうしてこんなことになってしまったのだろうかと、簡単に同居を承諾した自分の見通しの甘さを痛感する。

だというのに、自宅最寄り駅を降りて考えるのは「そういえばこの間、天ぷらうどん食べたいって言ってたな」なんて、理央に合わせた献立だ。我ながら矛盾している。

海老《えび》が安かったら買おう、とこのところ毎日通っているスーパーに立ち入ろうとしたところで。

「あ」

「おや」

秘書さんを発見し、思わず声を上げた律を、相手も見つめてきた。無視することもできず、歩み寄って小さく会釈する。

「こん、ばんは」

「こんばんは。いつもこの時間にお帰りですか？」

「えっ。あ、はい」

やはり、確定だ。初対面の段階では九割がた理央の関係者、一割はまったく関係ない人、という可能性を見ていたが、本日このように遭遇するならばもう理央父よりの使者確定でいい。

——昨日の理央母、妙に俺のタイムスケジュール聞きたがってたしなあ。

とりあえず今日は、明らかに律を狙い撃ちしてきたといえる。となると前回の推測通り、理央父は同性恋愛容認派で律に猶予期間を与えている可能性が高い。

思えば初対面の際、秘書さんは「知り合いの子供が婚約者と同居したので様子を見に来た」なんて情報を漏らした。これはわざと律に「理央の関係者では」と気取らせ、どんな対応をするか見ようとしたのでは？　——なんて邪推もできる。

——正直に「それ自分のことですよ」って言った方がポイント高かったとか？

考えてみるが、過ぎたことを悔やんでも無意味だ。

ともかく、相手の思考はいまいちわからないものの、即座に婚約破棄をしろなんて横暴な命令は下さなさそうだ。ただ、融資確定まで平穏に過ごすため、律はそれなりに秘書さんの、ひいては理央父の心証をよくしておかねばならない。そう、家業のための重要な使命だと、律は思う。

けれど、実家を想うその心を水面とするなら、水底には——理央との縁が切れるのは嫌だな、という気持ちが確実に、小さな空気の泡粒のように生まれている。

「……ですか？」

「えっ」

一瞬のうちに深く考え耽《ふけ》ってしまって、秘書さんの言葉を聞き逃した。律がハッとしたように聞き返すのを咎めることなく、紳士はこちらを慮《おもんぱか》るように「何かお悩みですか？　夕飯の献立を考えあぐねて……という様子ではないですが」と微笑んだ。

「ええとその……」

とりあえずの目標は現状維持。何をどこまで話せば静観してもらえるだろうかと、律は考えながら口を開く。

「自分はちょっと今、打算により友達……との同居をしてるんですが」

「……打算？」

問いかける瞬間、先日と同じ柔和な笑みの中で、秘書紳士の視線だけが鋭く尖《とが》った。ブリ大根の話をしていた先週と打って変わって真冬の厳しさを思わせる。まずい、このまま話を打ち切られたらさすがに婚約破棄しろと理央父本人がお出ましになるだろう。慌てて律は手を振った。

「あ、いや、打算っていってもそいつの損になるようなことは絶対なくて、ただこう一緒にいるだけで俺にはメリットになるので」

「なるほど？　まあ人間関係なんて所詮《しょせん》打算の積み重ねとも言えますからね」

「シニカルに言えばそれはそうなんですけど……悩みというのは、打算じゃない気持ちが入りそうだからなんです」

「……ほう？」

律がぼかした感情に、秘書さんが機敏に食いついた。どうやら理央に恋をさせたい理央父サイドは、何かしらの感情の揺らぎを重要視するようだ。

「打算じゃない気持ちが。ほう。それはまたどうしてです？　何があってそうなったんです？」

「ぐ、ぐいぐい来ますねえ。いや、その、そいつ俺のこと、ペットみたいだって頭を撫でてくるんですよ」

「ほほう、頭を……？　それで、あなたは？」

「俺は、それでまあこう打算じゃない――ほんとの友情が芽生えそうだな、って」

「……はい？」

「打算で一緒にいるのに友情が芽生えかけて、そこはかとない罪悪感を覚えて悩んでいるんです」

「はあん……」

わざと友情方向へとシフトすると、秘書さんは明らかにがっくりしたようだ。空気の抜けた風船のようになる。恋心の告白でも期待したのだろうか――ちょっと面白い。先週の別れ際のウインクといいおちゃめ系だ。

「そうですか……いやしかし、触れ合いで形作られる感情というのはたしかにあるでしょうからね。今後に期待ですね。――あなたはこれからお買い物でしょう？　私はこれで」

「あっ。あの、今日は……お知り合いのお子さんたちと会えたんですか？」

特に恋が芽生えていないことを確認して帰ろうとする秘書さんに、律は先週の設定に則《のっと》り問いかけた。一応、建前の言い訳くらいはしておいた方がいいんじゃないですかね、という心遣いである。

そんな律の気持ちをちゃんと読み取ったのか、秘書さんは苦笑して頷いた。

「いえ、部屋がわかったので来てみましたがまだ帰宅していないようで。今日も退散ですね」

「それは、残念でしたね」

「ええ」

細めた眼差しがじっとこちらを見つめたあと、「またお会いするかもしれませんね」と再びの予告とウインクを残して、秘書さんは去っていった。またも偶然会ってしまったら怖いんだけど、と心の中で密かに突っ込み、律はしばし遠くなる背中を見送った。

――はあ。

自分で言っておいてなんだけれど、と鮮魚コーナーへ向かいながら律は内心嘆息する。

友情が芽生えそうだ、なんて言っておいて実はまったく納得していないのだ。

理央の、友人としてはちょっと過剰なスキンシップは律の気持ちをうずうずさせる。恋愛嫌いのくせに――いや、恋愛に関心がないからこそ、なんのてらいもなく髪に触れたりするのだろう。

こんな気持ちは抱くだけ無駄だ。

相手はまったくそういう意味で自分を見ない。それを理解して、微かに燻《くすぶ》る、恋愛したい気分なんか消えてしまえばいい。理央のスキンシップが激しいのは単に猫飼いで、生き物の体温がそばにあることに慣れきっている傲慢《ごうまん》さによるものだ。

だから猫だ猫だと撫でてくる。付き合っているわけでもないのに。

「ん……？」

大きめの車エビのパックを手にしたところではたと気づく。

そう、付き合っていない。これから先も、理央の恋愛観からしてそんなことにはならない。なのにあいつは律に触れてくるだろう。「路上じゃなければいいんだろう」なんて言いながら。

――別に付き合わなくてもよくないか？

自分は、理央とお付き合いがしたいのだろうか。

正直なところ、そこまでどっぷりな触れ合いは期待していない。ただちょっと理央が好みのタイプではないのに好感度が激高《げきたか》で一緒にいるとドキドキしてしまうだけだ。

この、最近覚え始めた高揚を律は恋になりかけの気持ちだと思っていた、のだけれど。

恋は想いの見返りを求めるもの。でも理央にそれは求めていない。だからこれは恋ではなく――そう、ときめいているだけなのだ。

「そっか……一緒にいるのが楽しいだけでもいいのでは……？」

生活にはときめきが必要だと古《いにしえ》の人も言っていた。ときめきなら恋と違って手傷を負う危険がない。

恋に及び腰な律にうってつけのこの状況。今まさに律は、生活の潤いプールのただなかにいるわけだ。

なんとなく欺瞞《ぎまん》を感じつつも、叶わぬ恋をしてしまいそうで切ない、なんて悲劇の主役みたいなことを考えているのは性に合わない。どうせ何がどうなるでもないのなら、恋愛になんか興味ない、そのわりにスキンシップ密度は高いあの猫バカ男前と楽しく過ごせばいいのではないだろうか。

「なーんだ。そうだよ、うん」

昨夜からもやもやと胸を占めていた悩みめいたものが、考え方の方向を変えただけで解決してしまった。

自分のこういうところ好きだぞ、と軽くなった心のまま、律は値段で折り合わなかった車エビを戻す。隣のもう少し小ぶりのエビでかき揚げにするのだ。

天ぷらからかき揚げへ。恋からときめきへ。最初に考えていた献立からの微妙な変更をする勇気も必要だな、なんて深いのか浅いのかわからない思考を自画自賛しつつ律は買い物を終えた。

§　§

会社を出たところで内ポケットのスマホが震え、理央は道の端に寄って画面を確認した。そこには母の名前がフルネームで表示されている。

「もしもし……つい一昨日会ったような気がするんだけど」

「家にいる時は毎日会ってたじゃない、冷たい子ね。ねえ、かわいいスリッパ買ったから週末届けに行ってもいい？　猫のスリッパなのよ～律っちゃんきっと喜んでくれると思うのよね」

「ダメです」

きっぱり断る理央の耳に、母のブーイングが響く。たいていはこの文句じみたお願いに負けて頷いてしまうのだが、今日は頑なに理央は母の来訪を拒否した。

「せっかく律とのんびりできるのに、母さんが来たら慌ただしいでしょ」

「あら」

「この前だって本当は律とランチのお店の開拓に行く予定だったんだから」

「あらあら」

「何」

浮ついた相槌《あいづち》を打つ母親が不審で尋ねると、んふふふと楽しそうな笑い声が聞こえてくる。

「ランチねえ。あ、マンションのすぐ近くにあるお店美味しいわよ」

「情報ありがとうございます。今度行ってみる」

「いいえ。——今まで会ったお嬢さんにランチに誘われても行ったりしなかったのに、よかったわ律っちゃんが婚約者で」

「律と今まで斡旋された人たちを一緒にしないでよ」

感慨深げにする母に、少しばかり腹が立って言い返す。律と、これまでの女性たちはまったく違う。

「嫌われる姑にならないようにしようって思ってたんでしょ。なら新居に毎週のように来ない方がいいと思うけど」

「す、鋭いところを突いてくるわね理央ちゃん……たしかに毎週姑が来たら鬱陶しいでしょうね……」

思ったよりダメージを与えられたらしい。

「参考までにあの、パパが嫌な舅《しゅうと》になるのは」

「ダメに決まってるでしょ？　ていうかまさか、父さんに律のこと話したり」

「っし、してないわ！　してないわよ～！　パパには絶対、理央ちゃんのおうちに行かないでって言っておくから！」

買ったスリッパは土曜の夜着《よるちゃく》で送るから受け取って、と呻《うめ》いて母は電話を切った。

——勝った……。

今まで抵抗を試みても結局譲歩していた理央にとっての初勝利ではなかろうか。

ほくほくと帰途を辿り、着いた自宅では律が夕食の用意をして待っていてくれた。

「おかえりー、今日はカツカレーと芋サラダ」

連チャンで揚げ物でごめんな、と言いつつ、昨日のかき揚げで使った油を棄《す》てる前にもう一度使いたかったのだと台所事情を教えてくれた。

律との暮らしには生活感が溢れている。

プロの家政婦が家の中をきれいに整えてくれて、母も父も自分の仕事をしていた理央にとって『生活感』は新鮮で面白く、もっと色々なことを知りたいと思う。だから母にはこの律との空間にあまり干渉してほしくない。

「おーい、着替えたかー？」

ご飯の量はどのくらいがいいのかとか、カレーはちょっと辛めにしたけど大丈夫だよなとか、キッチンから律が呼びかけてくる。

楽しいとか面白いとか嬉しいとか、そういうポジティブなものを全部交ぜ込んだ多幸感。なんとも言えない衝動のままに理央は律の元に赴き、髪の毛をもふもふと撫で梳いた。律は、路上ではないからといって時と場所を考えなさい、と教師のようなことを呟いて口を尖らせている。それでまたかわいい猫を見ているような気分になって、理央は「はい先生」と返事したくせ、またも頭を撫でてしまう。正直な話、撫でられるような態度を取る律が悪い。——勿論それは黙っておくけれど。

食卓に並べられたカツカレーと赤い福神漬けとラッキョウ、ニンジンのオレンジ色がひときわ美しく映えるポテトサラダ。今日も美味しそうだと浮かれた気分で理央は食卓に着く。

「なあ、思ったんだけど、掃除機って猫にストレスじゃないのか？」

「あ、音？　あれうちで使ってるやつのスタンド型なんだけど結構うるさいよね。多分うちの母親が選んだんだと思う」

スプーンで切れるくらい柔らかいトンカツにカレールーを馴染ませながら、理央は頷く。理央が掃除担当していた先週は、ウイークデーにフロアワイパーで床を撫で、土曜に本格的に片付けしたのだが、今日は律は帰宅後に軽く掃除機をかけたそうだ。

「ゼンたちがみんな別の部屋に逃げるのかわいそうでさ」

と訴えてくる。理央は、そうだなあ、と唸《うな》った。

「実家だと二階もあるからみんなうまく逃げ場確保してたけど、マンションだとどこにいても響くからたしかに嫌がってはいるかも」

「掃除機かけ終わると、『すごい音だったな』『無事だったか』って顔で出てきて、わらびが俺を気遣ってくれんの好きだけどな。でもやっぱストレスだろうからさ、あれ買わない？　ロボット掃除機」

「……丸いやつ？」

「丸いやつ。――猫が乗るか見てみたい」

ぽそりと告げられた本音らしき言葉に、「それは俺も見てみたい」と理央は深く同意した。実家の掃除はプロ任せだったし、そもそも床暖房がない代わり各部屋に分厚い絨毯《じゅうたん》が敷かれていたのでロボット掃除機は自由に動けそうもなかった。だがこの家ならば、各部屋のドアを開け放っておくだけですべてきれいに掃除してくれるだろう。

かくして、よく動画で見かけるアレを生で観察したいという欲求に導かれ、ふたりは次の週末、新宿にある家電量販店に行くこととなった。

寒さが日一日と増している。季節の変わり目の時期はいつでもそんなものだろうが、今年は特に寒い気がする。

理央の隣、首元の開いたシャツにジャケットを羽織っただけの律は肩を竦めて歩いている。床暖房の暖かさに溺《おぼ》れきっていたからだろうが、外に出たら冷えるということを忘れていたようだ。電車を降りて目当ての家電量販店まで歩く最中、風が吹くとあからさまに首を竦める。

「首には風邪をひくツボがあってそこを冷やすとヤバいらしい……」

「そのツボに限らずどこが冷えても風邪はひくでしょ」

ぷるぷる震えながら何を言うのかと思えば、と可笑しくなる。

律と一緒にいるのはうまく言葉にできない楽しさがある。今回の買い物だって、家業が家電販売なのだから知り合いの店舗マネージャーにお勧め品を見繕ってもらうなり、ネットで買うなりしてもよかったのだ。けれど、すっかり理央の勤め先を失念していたらしい律が、実物を見て選びたいというのでやってきた。ちなみに行く先は理央の会社のライバル量販店である。

「肉まん食べたい……」

寒いとぼやく代わりに律は前向きな対処を考えることにしたようだ。だが中華街ならいざ知らず、休日の新宿で肉まんを食べ歩きするのは難しいと思う。とはいえ凍える猫――のような律をそのままにしておくのは理央の義に悖《もと》る。

「よし、マフラー買おう」

律に反論の隙を与えることのないように、理央はさっさと手近な百貨店に足を踏み入れた。暖房の効いた館内に入るなり、明らかに硬くなっていた肩をほどいたくせに、律は「マフラーならうちにあるから」なんて言う。

「別に一枚しか持ってちゃダメなわけじゃないでしょ。俺が買ってあげるから好きなの選びなよ」

「えっ⁈　なんで唐突なプレゼント⁈」

「唐突かな」

買いたいと思った時が買い時な理央としては、なんでと問われましても、という気分になる。寒がっている律を見たら、暖めてあげたいなと思っただけなのだ。

「律の飯、いつも美味しいから。そのお礼も兼ねて？」

「うわやだイケメン……」

あらまあ、と口元に当てて茶化すようなポーズをした律は「それなら買ってもらおうかなあ」と素直に頷いた。

ほわ、となんだかいい気分になる。買ってきたおもちゃを見るなり、猫が飛びついてきた時のようなうきうきする感じ。勿論猫と違って、律には好みもあるだろうからと色や柄、ブランドなどをあれこれ尋ねると、結局律は定番ブランドのネイビーのマフラーを選んだ。

――これ、俺が持ってるのと色違いだな……。

期せずしてお揃いのものができてしまった。ド定番中の定番なのでかぶってもおかしくないのに、ちょっと嬉しい。

そういえば自分で巻くときは二つ折りにした輪に端を突っ込むだけだが、律の首元はもっとぐるぐる巻きにしないとならないだろう。風邪のツボを冷やすわけにはいかない。

会計の時、箱に入れなくていいからと理央は女性店員に声を掛けた。

「これ、着けていくんで。首が寒くないように巻いてやってください」

「畏まりました。失礼しますね」

感じのいい笑顔の女性店員は要望通り、律の首にマフラーを巻き付けてほかほかにしてくれた。

「もう、お姉さん笑ってただろ」

デパートを出て家電量販店へと向かう途中で律が文句を言ってくるが、それを見下ろし理央はにこにこしてしまう。自分に似合うものがわかっているのか、パッと見はクールな律の顔にネイビーはとても映える。

「だって、ちゃんと結んでもらった方が絶対あったかいし」

「まあ、たしかに、あったかいですけど」

言いながら律は口を尖らせた。

ぷっと思わず噴き出し、理央はその髪を撫で梳きたくなる衝動にかられる。けれど路上でのモフは禁止されているのでどうにか我慢し、その代わりにからかうことにした。

「……律は照れてるときの顔、丸わかりだよね」

「えっ」

予想外のことを言われたようにショックを受けているのがまた可笑しい。頬を撫でさすりながらこちらを咎めるように律が見上げてくる。

「別に、照れてなんかないですけど。けどまあ一応、参考までにどんな顔が照れ顔に見えるのか聞いといてやる」

「うーん……面白いから教えたくないいんだけど。律のことだからすぐ忘れそうだしいいかな」

「ひどい」

「前向きでいいなあっていう褒め言葉です。――こう、目線が下向いてちょっと口突き出して、『べっ別に嬉しいとか感じてないですけど?』ってプラカード持たせたらぴったりな顔してるんだよね」

「なんだそのツンデレみたいな反応は……」

「それが律です」

「マジかよ……」

自分のわかりやすさに衝撃を受けたような顔をするものだから、胸をくすぐられて理央はまた笑う。

――なんだろうなあ、本当に。

同年代のバカ話というならそれなのだと思うけれど、これまで友達との会話でこんなにこそばゆい笑いを誘う何かを感じたことはない。

やっぱり律は猫に似ている。何気ない仕草や行動がすべてかわいくて面白くて、見ているだけで頬が緩む存在なんてこの世に猫しかいない。そんな猫みたいな律が、タラ、わらび、ゼンたち三匹の猫を猫かわいがりしているのも楽しい。

こんなふうに一緒にいられる相手と出会わせてくれたなんて、母の暴挙も役立つときもあるものだ。

感謝らしくない言葉で感謝しつつ、その後は予定通り猫が上に乗っても掃除を続けてくれる掃除機ロボットを律と共に購入しに行った。

§　§

「まず、物怖じしないで乗るのはゼンだろうな」

ホームでの電車待ちの間に律は、ロボット掃除機に最初に興味を示す猫を予言する。理央が嬉しそうにうんうん頷いて、片手を上げかけてやめた。あぶない。こいつまた人をモフるつもりだったな、と律がジト目で眺めると、猫バカの男前はバレたかというように苦笑した。

「律もみんなの性格がわかってきたね。次はわらびだね」

「わかる、だよな。最初はタラの方がやんちゃっていうか物事気にしないタイプかなと思ったけど、あいつ……ビビリだよね……」

「律、未だにタラだけさわれないもんね。実家にいるときもタラは、母親にも家政婦さんにもさわらせなかったし」

「あ〜なんかな、タラはこう、『自分は理央の猫です』って思ってるんだろうなってわかる」

「それは間違いだね。タラが俺の猫、なんじゃなくて、俺がタラの人間、なんだよ」

「待て、なんだそれ」

思わず吹き出す律に、理央は真顔で「人間は猫の下僕っていうけど、そういうことです」と厳かに諭《さと》す。

猫話は実に際限がない。比喩でなく時間を忘れられそうだ。とはいえ、待ち時間がなんだか長い気がする。ホームにも、いくら土曜とはいえ多すぎではないかと思えるくらいに人が増えてきたところで、乗り入れ先の路線で踏み切りへの立ち入りがあったため、電車の到着が二十分ほど遅れるとアナウンスがあった。

別路線へ向かう人がぱらぱらとホームを出ていったが、土曜ということもあって急ぎの人は少なかったのか大半はそのまま待ち続けるようだ。乗り換えが面倒な律たちも、その大半の中に含まれる。人身事故ではなかったため、運転再開は案外と早かった。それでも休日にラッシュには乗りたくないとふたりは電車を一本送らせた、のだが。

「わりと混んでる……」

「まあ、渋谷《しぶや》過ぎたら空くよ」

「渋谷の次が降りる駅じゃん……」

律は満員電車が少しばかり苦手だ。主に匂《にお》いで頭痛がしてくるタイプである。朝の出勤は大体同じ車両に同じ人々が乗っているので問題ないのだけれど、休日で色々なタイプの人がいると当然強めに香水やら柔軟剤やらを香らせている人もいる。

ドアを背にして理央と向き合った律は、瞬時に顔に絶望を表してしまった。律と肩を並べてドア側に向く、イヤホンをしている青年は、どうやら精いっぱいのおめかしで首筋に香水を何プッシュかしてしまったようだ。

理央もきつい匂いと感じたのか、律の顔色を読んで小声で話しかけてくる。

「大丈夫？　やっぱり料理人って鼻がいいのかな」

「俺はそういうわけでもないけど……」

買ってもらったばかりのマフラーで鼻先を覆っても届く、つけたての香水の香りが真横にあるのが辛い。

「律、目が死んでる」

「おう」

こめかみよりちょっと上の辺りが引《ひ》き攣《つ》ってくるような感覚がある。頭痛くなりそうだなあ、と律は呼吸を浅くした。できるだけ香りを吸い込みたくないからだけれど、そうすると酸欠気味になってそれも頭痛を助長する。

——せっかく楽しい買い物だったのになー。

まさかの幕切れ、と律が目を伏せたその時。

理央がグイと身体を押しつけてきた。律の鼻先が、マフラーごと理央の胸元に埋まる。密着したコートのおかげで香水臭い空気は入ってこなくなった。

さらに律を抱き込むようにしたまま九十度回転して、理央は香水青年を自身の背中側になるようにうまく体勢を変えた。これなら間に理央がいるのでかなりマシだ。

しばし意に添わぬ色に染まっていない、穏やかな空気を静かに吸う。頭痛の前兆のような鈍い引き攣りは感じなくなった。

「…………」

——近っ。

一息ついて今さら理央との距離に気がついた。これは近い。いくらなんでも近い。

そう思うものの、混み合った車内はそれなりに人がくっついており、そんなには自分たちの状態はおかしく見えないだろう。それに近くに立っている女性たちの「香水つけすぎマンいるわー」「窓開けたい」なんて声も聞こえてきて、マフラーで口元を覆う律は匂いに弱い人間だと解釈してもらえそうである。理央にくっついている状況が充分言い訳のきくものなのは気が楽だ。

——あれ……理央、背ぇ高くね……？

ほっとしたら、普段気にもとめていないことに気がついた。いつもは家の中で猫とごろごろしているときにばかり理央のそばにいるから、こんなに身長差があるとは思わなかった。こうして向かい合うと律の目線のラインに理央の喉仏がある。男には誰にでもあるのに、なんだかひどくエロチックなものを見ている気分になって手汗が滲んできてしまう。

「平気？」と尋ねられ、その発声の際の動きにきゅんとする。

——待ってやばいやばい、なんでときめいてるの俺……！

そりゃあ、生活に潤いは大事ですからと、ときめくのは大変結構と自分で納得はしたけれど、これは少し——いや、かなり心臓に悪い。

「……ありがと、平気になった」

「よかった」

「お、おう。えーとあの……理央って、結構パーソナルスペース狭いよな。こんなくっついても平気ってさ」

いつも通りの軽口を叩いてときめきを体内から排除したい。

「そう？　俺かなり広いと思うけどなあ。出張で新幹線乗るときとか、混んでない時期は隣の席も確保するくらいだけど」

「うわ、それもしかしてグリーン車？」

「グリーンの方がたいてい空いてるし、そうだね」

「鉄道会社にはいい客だな」

空席よりも売り上げが立つ方がいいに決まっている。

「でも、じゃあもう少し離れてもいいぞ。理央が壁になってくれたから少しは匂いマシだし……」

「ああ、律はなんかね。初日の印象が猫だからパーソナルスペースセンサー反応しない」

はにかむような笑顔に当てられ、律はつい視線を逃がす。

距離を取ろうと持ち出した話題なのにズドンと大砲を打たれた。たとえ猫扱いだろうと特別な存在と認識されていることに変わりない。揺らがせた目線の先、理央の肩越しに電車の天井が見え、なんだかとても近くに理央がいるんだなあと実感し――「ほんと、猫バカだなお前は」と律は笑うしかなくなってしまった。

§　§

律は不思議だ。

一緒に生活し始めて半月と少し。緊張が和らいでそろそろ相手の嫌なところが見えてくるのではと危惧していたのに、理央の目には少しも律の嫌なところが映らない。

――猫っぽいからか？

先週、律の印象は猫だと言ったら猫バカ認定されてしまった。それは自他共に認めるところなので――会社ですら理央への出張土産などは猫小物か猫型菓子だ――問題ないが、そこまで律は『猫』だろうか、という疑問が湧くときもある。

自分のしたいことしかしない猫と違って律は家事分担の役割もちゃんとするし、床暖房で寝転がって本を読んでいるくせ、寝落ちすることもない。いつでもどこでも寝る猫たちとは大違いだ。マイペースすぎるとか変にこだわりが強いとか、そういった猫要素もない。

なのになぜ自分は、猫に触れるように律をもふもふしたくなるのだろう。本を読んだり洗濯物を片付けたり、そんな横顔を見ていると無性に触れたくなって仕方なくなるのだ。律が猫に似ていないなら、そんな衝動を抱く自分はなんなのだろう。

——あ、髪。

そうだ、出会った時からずっと、律の髪はわらびのようだと感じていたのだった。

あまりさわると叱《しか》られるので頑張って控えているが、髪の柔らかさが猫以外の何物でもない。指を通したときのふわっと柔らかいところも、撫でつけたときのなめらかさも猫だ。他には、動作がうるさくないところとか、よく喋るわりに声がしっとりと甘いおかげかきゃんきゃん騒がしい印象がないとか、そのへんも猫だ。それに、そうだ、何をやってもかわいく見えるのが猫っぽいと思ったことがある。

なんだ、ちゃんと猫の部分があるじゃないか、となぜだか妙に安堵してしまった。

律は猫。

とりあえず自分の中ではそうだ。

改めて出したその結論に満足し、理央はコートの上からマフラーを巻いて退勤の支度を終えた。奇しくも律の新しいマフラーと色違いになってしまったのが可笑しくて、そんなことでもほっこりと心地がよくなる。

どうしてそこまで律イコール猫と思いたいのかとふと思うも、だからこそ自分は律と快適に暮らしていけるのだと考えれば、わざわざ突き詰めねばならないものでもない。

——今日の夕飯は何かな。

すでに日課となった「これから会社を出ます」メッセージを送り、理央はうきうきと会社を出た。

7

大変平穏に今週一週間過ごせたなあ、と律は土曜の朝八時に目覚めて大きく伸びをした。猫を撫で仕事に行き、帰宅後猫を撫で、食事をしたり酒を飲んだりしてまた猫を撫でて寝る。素晴らしい日々だった。忙しかったのか、秘書さんが姿を見せなかったのも平穏に一役買っている。

――今日はフレンチトーストにボロニアソーセージのっけよっと。

昨夜から漬け込んでおいた食パンのふわトロの甘さと、ソーセージのしょっぱさのループが舌を楽しませてくれることは確定だ。

そういえば先週は、ロボット掃除機を買った日の夜、理央母から猫のスリッパが届いた。足を突っ込むところが顔で、スリッパの先に耳がついているため歩くと耳がぴらぴらして、その足にゼンがじゃれてくる。かわいいけれど危ない、とせっかくのプレゼントだが封印しようかと思っていたら、すぐにゼンはそのぴらぴらに飽きたのか見向きもしなくなった。

――猫って……！

そんな飽きっぽさまでもかわいく思えてしまうようになった自分は、立派に猫バカ街道に足を踏み入れたようだ。

ちなみにそのスリッパは、本当だったら理央母が直接うちへ持ってくる予定だったらしい。「母さんが来たら律とのんびりできないから、断ったよ」と理央がさらりと教えてくれた。その『律と』の部分に密かに動揺してしまったのは秘密のままだ。

理央は本当にさらりと律のツボを突くから困る。今週だって、平穏ではあったけれど理央の「律のごはんは美味しい」「一緒にお酒飲むの楽しい」「ラムレーズンのアイス好きって言ってたよね、買ってきた」なんて言葉の数々で喜ばされていたのだ。

恋愛嫌いのくせに、ときめく材料をいくらでも提供してくる。理央は恐ろしい奴だ。

――だってなあ。今度秘書さんに会ったら、理央がヤバいんですって相談しちゃいそうだもんな。

ぼやきつつ、白猫の顔のついたスリッパを足に引っかけ、律は朝食作りに向かった。リビングには、律より少しだけ早く起きたらしい理央が、黒猫のスリッパでお湯を沸かしていた。

「今週は週末、何もやることなかったよな」

「買う物もないし、特にないんじゃないかな?」

「じゃ家でのんびりしてるか」

「だね」

フレンチトーストとボロニアソーセージ、レタスサラダを一皿に盛りつけてカフェ風にした朝食を「お店みたい」と理央に褒められたのが気恥ずかしくて、律はなんでもないような話題をわざと振った。しかしごく自然に交わした会話内容がまた可笑しく思えて、律は笑う。

「別に俺たち一緒に何かやらないとならないわけじゃないのに、なんか相談しちゃったよ。それぞれの友達と遊んだりしてもいいわけじゃん?」

「まあ……それはそうなんだけど。――律は誰かと遊びに行きたい？」

「いや、俺、休みの日はうちで本読んでる人間だから」

「俺も休みの日は猫を吸って生きてるよ」

互いのインドアぶりに顔を見合わせ、今度はふたり一緒になって笑った。フレンチトーストとソーセージのコンボを楽しみながら、のんびり理央と話しているだけで緩やかに時間は過ぎていく。

なんとなくつけておいたテレビが土曜朝九時らしい旅番組になったのを機に、理央がリモコンでロボット掃除機のスイッチを入れた。先週使い始めた時は、猫たちは理央の部屋に逃げてしまったが、そのうち予想通りゼンが最初に、続いてわらびが乗るようになった。タラはその様子をじっと見て三日ほど安全性を確認していた。慎重派である。

今日もゼンが我先にと掃除機に乗ったのをニヤニヤと眺め、理央が立ち上がった。

「洗い物したら俺、コーヒーもう一杯淹れるけど、律もいつもの？」

「あ、冷たいやつで。お願いします」

「はーい。冷たいやつは砂糖入りね」

床暖房の恩恵はすさまじく、タイマーで朝つくようにしておくだけで冷たい飲み物が欲しくなる程度に身体が暖まる。足下に温もりがあるというのはいいものだ。ただ寝る時は消してしまうので、タラとゼンは理央の部屋のベッドに潜り込み、わらびはソファの背もたれで夜を過ごしている。

――アイスティーは甘めが好み、っての覚えるくらいには、理央は俺のこと見てるんだよなあ。

ダイニングテーブルからカウンター越しに見える理央を眺め、律は密かにときめいている。

会社でお茶汲みをしているからこそ、興味を持って相手を見ていなくては飲み物の好みなど覚えない、ということがわかる。まあ、理央が律を観察するのは、律を猫と思っている部分が大きいのかもしれないけれど、興味を持たれないよりは、ずっと嬉しくはある。

「あ、そうだ。律のうち、昼は仕出ししかやってないんだよね？」

「ランチ営業したくないってのが親父のアレだからなあ。昼の注文？　五人前から承《うけたまわ》っております」

「やっぱりそうかあ」

「どした？　接待？」

「身内的な人だし、接待っていうか、慰労？　俺よりはうちの父親の恩人というか。和食好きなんだけど、律のお店は一見さんは入れないから今まで行ったことないらしくて。この前いただいた仕出し美味しかったし、せっかくなら律のお店に連れていきたいなってちょっと思っただけ」

「そういうやつかあ。親父に聞いてみるか？　理央のこと食べ方がきれいだって気に入ってたし、一般向けにランチ営業するわけじゃないならＯＫくれるかも」

「それは悪いよ」

本当にちょっと聞いてみただけ、と理央が言い募るのを耳半分に、律はさっさと実家に電話をかけた。父は休みの日は早朝から竹刀の素振りをして朝風呂に入るが、今ならちょうどまったりしている時間だろう。

「あ、親父？　そのうちさあ、理央とその知り合いの人が昼飯に行ってもいい？」

父に繋がった電話で軽く説明をすると、律が思った通り、理央の希望ならと父は快諾してくれた。

やはり、手間がかかるからランチをやりたくない、というわけではなさそうだ。一体なぜランチ営業を拒むのか、とは思うが、父がランチに乗り気なら理央と婚約することもなかったのだと考え、親父が頑固でよかったなんて結論に辿り着く。

「理央、父親の方はＯＫだって。詳しい日時決まったら教えてほしいってさ」

「えっ早！　日付は来月の一日がいいんだけど、お礼言いがてら俺から連絡するよ」

予定日も聞かずに先走った律に文句を言うこともなく、アイスレモンティーを律の前に置いて理央は父宛てに電話をかけ始めた。


テレビの旅番組を観て自分たちの探索欲も刺激され、ふたりは周辺捜査の旅に出た。あえて細い道に入って見つけたリカーショップで一本ワインを購入したり、バルーンショップなんてものを発見したり、楽しい散歩だ。昼過ぎ、理央母お勧めのマンション近くの洋食屋でオムライスを食べて旅を終えた。

腹も満足し、ふたりしてめいめいまったりとした午後を過ごす。

「律は、よく本読んでるけどどんなの読んでるの？」

いつも通り床に座り、ソファを背もたれにして本を読んでいると、猫と共に床に腹這いになっていた理央が尋ねてきた。

「今読んでるのは、西野克彦《にしのかつひこ》っていう作家の新刊。リアル脱出ゲームモチーフの推理小説だな」

「あ、映画になったシリーズでしょ？　そっちは観たよ」

「俺も観た。結構よくできてたなー。そうだ、俺も聞きたかったんだけど、理央って山菜好きなのか？　タラの芽とかわらびとかゼンマイとかさ」

「うん、好き。タラの芽もゼンマイも天ぷらにするといいよねえ。。わらびは天ぷらもわらび餅も美味しいからすごいよね」

「天ぷらにするとたいていのもん美味いよな。わらびは俺、白和えなんかにしても好きだなあ」

本に栞《しおり》を挟んで律は傍《かたわ》らのローテーブルに置いた。床暖房でほかほかになった身体を冷やすためかテーブルの上で伸びていたゼンが、寝転がったままちょいちょいと栞の房に手を伸ばすのがかわいい。

「わらびの白和えかあ。お浸しは食べたことあるけど、白和えはないな。春になったら律、作ってよ」

「おう、いいぞ」

軽く請け負って、ふと律は動きを止めた。

春といえば決算。決算といえば、先日考えた婚約破棄の最短Xデイだ。

律が不意に黙ったのを見て取ったらしい理央が、「どうかした?」と起き上がりながら尋ねてくる。

何かあるなら聞く、という態度をさらりと示され、律はうまい言い訳も話題の逸《そ》らし方も思いつかず、

「いやー婚約破棄って最短だと決算期かなーって考えてたからさ」

と、わざと朗らかに返事をした。

その時の理央の変化に、律は瞬きを忘れた。

簡単にいうと理央は――愕然とした表情になったのだ。思いもよらぬ別れを突きつけられ空虚さに打ちのめされたような表情に。

胸元に喜びがせり上がって一瞬律の息は止まる。

喜ぶようなことじゃない。理央は元々、縁談が来なくなるまで婚約していたいと言っていた。だから婚約破棄を嫌がるのは当然といえば当然だ。

そんなふうに自分を納得させようとしてもうまくいかなかった。

生活の潤いとか、ときめくだけで見返り無しでいいとか言い聞かせ続けてきたけれど、そんな欺瞞はこの喜びの前では無意味だ。自分との生活の終わりを理央が嫌がる。それが嬉しくて仕方がない理由なんて、ひとつしかない。

思えば理央に向く感情を自覚しそうになるたびに、出会ってからの時間の短さを理由に目を背けてきた。秘書さんにはわざと「友情の芽生え」などと言って誤魔化した。けれど——会ってからの日数なんて、恋愛するのにまったく関係なかった。

先送りにしていた自覚が今更ドカンと来たせいで、理央に見入った自分を取り繕う言葉が何も出てこない。そんな、無言になった律の前、傍らに落ちていたタラを膝に抱き上げた理央がぽそりと呟いた。

「猫は、引っ越しが苦手なんだけど」

「だから俺は当分ここに住むことにしようって考えてたんだけど」

「……お、う」

「……おう」

「律も住み続ければいいんじゃない」

「おう……？　え？」

猫バカ話かと思ったら思いもよらぬところに着地して、律は思わず聞き返した。同時にその言葉は胸に染み込んで、ときめきで息が苦しくなる。

「別に、偽の婚約なんだし。それなら婚約破棄したからって出ていかないといけないとはならないでしょ」

「それは——それは」

普通の婚約破棄は婚姻の意志が無くなってするもの。では自分たちの場合はどうなのかというと。

「それもそうだな……？」

理央の言い分が大変論理的であるように感じられる。むしろ偽の婚約を破棄したからといってこの生活をやめなくてはならないと思い込んでいた自分を、律は疑問に感じてしまった。

少なくとも、理央父に反対されるとかいった外的な障害がなければ、自分たちの気持ちだけでいうなら、婚約などなくとも一緒に住むことに問題はないのだ。

理央がどうしてそんな提案をするのか。その理由を深く掘り下げるよりも、一緒にいられる道が示されたことが嬉しくて、その道を理央が考えてくれたことが嬉しくて口元が緩むのがわかる。

律の反応がポジティブなのを見て取ったのか、理央もまたとても嬉しそうな顔になった。

――こんなことで喜ぶなんて、かわいすぎだろこいつ。

ツン全開の感想の下には照れた気持ちが隠れている。律はツンデレ反応をする、と理央に指摘されたのは当たっているのだ。

それにしても――どうにか押し込めていた気持ちを自覚してしまったのに、まだ理央と暮らすことは可能だろうか。だって理央は恋愛が嫌いだ。共にいるために律は、自分の気持ちを悟られてはいけないというミッションをこなさねばならない。

多分大丈夫という気持ちと、でもこいつさわってくるからなという危惧が同時に生まれる。まったく、理央は困った奴なのだ。

まあ、律の方が自身を律して立ち回れば――名は体を表すということわざを信じよう――この恋心に理央が気づくことはあるまい。恋愛経験値ゼロ男に、隠した恋情を察知する情緒はないはずだと、律は失礼な高をくくった。

同居解消はなし、と決定すると、理央はひと息つけたようだ。どうして春先をXデイとしたのかの理由を尋ねられ、返済と決算とランチ営業の繋がりなどについて律はしばし説明をした。

そうして少々のぎこちなさはあるものの理央は猫を愛《め》でる作業に戻り、律もまた読書に没頭し時間は過ぎた。


ごくごく普通の顔で日々を暮らそう。

一晩明けた翌日の、律の抱負はそう決まった。

まず、理央を好きだと自覚はしてしまったものの、それはやはりあまり直視しない方向で過ごすこととする。平常心を保つため、それは大変重要なのだ。なぜなら。

――さわったりやさしくしたりってのが理央のデフォルト行動だからな……。

恋の自覚など持っていては、やさしくされたときにときめいてしまう。自戒するしか道はない。

「朴念仁《ぼくねんじん》になれ、俺……！」

キッチンで律は自己催眠をかけた。

さておき本日の昼食は、あったかたぬき蕎麦《そば》と五目お稲荷さん、箸休めにきゅうりの浅漬けという炭水化物礼賛食である。自分の食べたいものと理央の好みを足したらこうなった。夕飯はタンパク質多めでいこうと誓いつつ、律は「飯だぞー」と理央に声をかけた。

テーブルに向かい合い、猫をネタにくだらない話をし、テレビを観てどうということもないコメントをする。昼食後は昨日と同じように互いのしたいことをして、問題なくふたりきりの日曜が過ぎる。

そのはず、だったのだけれど。

三時過ぎ、ソファで本を読みながらうたた寝しかけた律は、眠気覚ましのため少し時間は早いが風呂掃除に向かった。休日の掃除なので鏡まで丁寧に磨いてリビングに戻る。

すると、珍しく黒猫タラが理央から離れ、一匹でソファの背もたれの上に寝ていた。普段は理央が作業していたらそのそばで待ち、床に落ちるときも理央の腹に背中を預けて眠るという徹底した理央マニアなのだ。

――タラの貴重なソロ活動……。

これは写真を撮るしかあるまい。いつも寝ているタラを撮ろうとすると理央もフレームインしてしまうので遠慮していたのだ。

律はそっと歩いて、ローテーブルの上に置いておいたスマホを手に取った。すすっと指を滑らせて即座にカメラを起動する。生活の中に猫が存在するようになってから、すごい勢いで律のウォルフォトのストレージは猫に支配されている。あとで見返せば同じ場所で似たような恰好で眠っている猫写真ばかりなのだけれど、かわいいと思ったら激写するしかないのである。

まずは上空からタラの全体像を収め、ゆっくり旋回降下して後ろ肢の先、ぽよん気味のおなか、空中に伸ばした両前肢を撮り、最後にラブリーなお口の顔を写して終了だ。

――あ。下からのアングルってあんまり撮ってないな。

タラが起きて逃げてしまわぬよう、ゆっくりとソファに横たわり、律は天井にスマホカメラを向けた。背もたれから突き出したお手々と鼻先がキュートだ。

うへへ、と変態じみた笑いを口の中に含みつつシャッターを切りまくって同じ角度の写真を量産していた、その時。マグカップをふたつ手にした理央が、ニヤニヤ楽しげな顔でやってきた。

「律は本当になんていうか、猫界で噂《うわさ》になるくらいのエリート変態だね」

「しっ失礼な。タラのお腹に顔突っ込んで『ああ〜かわいい〜ふわっふわ！　ふわっふわ！　どうしてこんなかわいいんだもふもふもふもふ』って唸ってる理央の方が変態だろっ」

「えっ⁈　ちょっと、なんでそれを⁈　盗撮⁈」

「違う、風呂入ろうとした時に着替え持ってくの忘れて取りに戻ったら、タラに痴漢行為しているお前の声が聞こえただけだ」

　正当なる律の返しに、理央は「着替え忘れたんならパンツだけ穿《は》いて出てきたらいいのに」などと、本物の変態っぽいことを言っている。バカみたいな会話なのに楽しくて、律の頬は緩んでしまう。

「もう、ちょっと座らせてよ」

　ニヤニヤにやける律の顔を、自分への含み笑いと受け取ったのか、カップをローテーブルに置いた理央は苦笑しながら律の頭を持ち上げた。そうしてなんのてらいもなく空いた場所に腰を下ろす。

「へ」

　思わず間抜けな声が漏れた。いきなりのことで突っ込みもできない。

　スマホカメラを天井へ向けたまま仰向けの律の頭が下ろされたのは、理央の太腿の上だったのだ。

人、それを膝枕という。

「あ、あの」

「はい？」

「なんで俺は膝枕されているのでしょう……？」

「寝転んでいたいのかと思って……？」

律の根源的な疑問に素朴に答える理央が見下ろしてくる。

――猫は下から見るとかわいいけど……人間の男を下から眺めるのはなんか、なんか……。卑猥《ひわい》だ。

それは多分に律がゲイで、ネコと呼ばれる立場を好むせいだ。

これは、全然大丈夫なんかじゃない。昨日はどうにかなると思っていたが、無理寄りの無理だと実感してしまった。

今、自分は好きな男と同居していて、それは今後ずっと続く予定で、そしてどんなに律が身を律しようとも理央はこんなふうに易々と想定以上のスキンシップをしてくる相手なわけで――理央を好きだと隠して生活していくならばこの過剰な触れ合いをやめさせなくてはどうにもならない。

「ほんと、律の髪ってわらびっぽいな」

通常運転のセリフを吐いた理央が、これってハイライト入れてるの、なんて、髪をやさしく一房摘まんでじっくり見つめてくる。

猫を思っているせいなのか、その日は妙にとろりと甘く、律の心臓は多大な負荷にばくばく高鳴る。

――そんなかっこいい顔でうっとり見つめてくるなよな……！

自分までもうっとりしてしまいそうで、律は気力を振り絞り理央の極悪スイートな魔眼から逃れ起き上がった。

「あ……」

髪が指から滑り落ちる瞬間に、そんな残念そうな声を出さないでほしい。撫でていてほしい気持ちをどうにか振りきったのだ。

わざとガサツな動きでソファから立ち上がり、律は「あのー、えーと、俺あのほら、足りないもん買いに行ってくるから！」と苦し紛れの言葉を告げた。

「玉葱と人参買ってくるだけだから。すぐ戻るから。タラでも撫でてるがいい」

リビングの片隅に立つポールハンガーからジャケットとマフラーを取り、エコバッグ片手に「夕飯はアジの南蛮漬けです！」と宣言し玄関を出た。


冬になりかけの道は火照った顔を冷やしてくれる。風は強くないが空気が冷たく澄んでいる。まだ空は青いものの、天頂は藍の色を溶かしたような濃さを見せ始めている。そのうちビルとの境目が赤やオレンジに染まるだろう。

自分の顔も赤くなっていただろうかと、先ほどの膝枕を思い出して律はマフラーの中に鼻先までを埋めた。

出会った頃はまだ十月の末でスーツだけでも問題無く、下手をすると夏日さえあるような時期だったのに、季節はひとつ変わってしまった。理央はタイプじゃないから同居しても問題などないと思っていたあの時の自分にバーカと罵《のの》りの言葉をかけてやりたい。

──どう考えても恋。俺は、理央が好き。

ため息をつくとマフラーの中の吐息が温かく顔を覆う。

季節も律も変わったのに、理央は変わらずのんきに自分を猫扱いしてくるところが小憎らしい。でもそれが嬉しい。

正直なところ、ポーカーフェイスはうまくない。人に構われること自体が嬉しいから、その気持ちは顔に出る。理央が、律の照れ顔を知っているのがいい証拠だ。

困った。今後の律は、『構われて嬉しい』程度ではなく、『好きな相手にさわられて嬉しい』という顔をきっと丸出しにすることになる。恋心を自覚してしまったからきっとそうなる。

さすがにバレるのではないだろうか。恋愛経験値ゼロの理央なら平気と高をくくっていたけれど、構われて嬉しいという気持ちを隠し、平静を装った顔を「照れ顔」と正確に読み取った理央だ。この先理央に構われたときに見せる律の表情を「自分に恋してる顔」と理解できてもおかしくない。

——それは……ダメなんじゃないか……？

最初に聞いたように、理央は恋愛に拒否感を持っている。「婚約」という、恋愛と紐《ひも》づけられる関係自体、本来苦手と言っていた。

だとすれば、この気持ちがバレたらきっと婚約破棄される。「婚約解消しても一緒に住もうよ」なんて提案は、律をいい猫友くらいに思っているからこそ出たものだ。自分を一方的に好きな奴と一緒に住み続けるなんて絶対嫌がるし、当然律はあの部屋を出ていかなければならないだろう。

——婚約破棄……婚約破棄は……、致したくございません……！

それは融資など関係ない、律自身の強い望みだ。自分は理央とずっと一緒にいたいと思っている。

いつものスーパーに辿り着く直前、そんなふうにしっかり自身の気持ちを噛みしめた律へ、呼びかけてくる声があった。そろそろまた会うかもしれないと思っていた、理央父よりの使者、紳士な秘書さんがSC前に設置されたベンチから「こんにちは」と柔和な笑顔で挨拶をしてきたのだ。

「どうして……」

思わずそんな言葉が漏れても仕方ない。いくら遭遇を狙っているとしても、今日、ルーチンから外れた動きをした律とこんなふうに行き会うのはおかしい。というかベンチに座っているなんて、まさかずっと待っていたのだろうかと、さすがに不審の色を露わにした律へ、秘書さんは珍しく慌てた様子を見せた。軽快に立ち上がり、律の方へと歩み寄ってくる。

「本当に本当に偶然ですよ。今日こそ婚約者と同居しているというお宅を訪問をしようと思ってきたんです。けど、おうちには行かない方がいいと出がけに忠告を受けたので躊躇しましてね。それでここで悩んでたんですが——むしろ私こそ、あなたに会ってびっくりしてるくらいですから」

「そうですか……」

「いやしかし、こうも会ってしまうとなんだか、運命を感じますねえ」

そんなことを言って、自分の言葉に深く頷くものだから少し可笑《かし》しくなる。薄く笑んだ律に何を感じたのか、秘書さんは「今日はまた悩みが深そうですね？」と首を傾げた。

「悩み……」

たしかに自分は今、深く悩んでいる。一人で抱え込まずに誰かに愚痴《ぐち》りたい、そんな悩みを。

思えば秘書さんとは、互いに相手が誰なのかわかっているのにわからない体で接触している。理央について話せば、相手も理央の人柄を想像して考えてくれるわけだ。

理央との婚約に横やりを入れないでもらうため、とか、そんな打算や計算は抜きにして、なんだか、とても話がしたくなってしまった。

「……聞いてくれますか。俺の同居人のこと」

思いがけない申し出だったからか、紳士はぴゃっと目を見開くと、律をさっきまで座っていたベンチへといそいそ導いた。

「たしか、お友達と打算で同居をしていたのに本当の友情が芽生えつつあるんでしたね」

手っ取り早く本題に入りたいのか、前回の話の要点をまとめてくる。さすが秘書室長、仕事ができる。本当の役職がなんであろうと律の中では秘書室長決定だ。

「友情のままならよかったんですけど。……正直そいつは俺のタイプじゃないんですよ。俺の好みはもっとチャラっと軽薄な感じで、男女構わず誰のことでもあれこれ構ってくるタイプで――」

「ほう」

「……気になってると思うんで言いますけど、俺は同性が好みです」

「……！　ほほほう」

「引かないんですね……？」

「真剣ならば何を恋しく思ってもよい、というのが私の持論です。正直な話、人よりペットを愛しく思うのも悪いこととは思ってませんしね」

「ああ、同居人の猫好きはその域までいってるかも」

そのおかげで、猫っぽいと撫でられ続けて自分の恋心は育ってしまった。自嘲《じちょう》交じりに笑んで、律はひっそり秘書さんに告白した。

「同居人はすごくいい奴だけどチャラくないし軽薄じゃないし、まったくタイプじゃないはずなのに好感度は元々めちゃめちゃ高くて……そんな奴に猫みたいにかわいがられて結局、――好きになっちゃったんですよ。相手は俺のことなんか四匹目の猫としか思ってないのに」

「……罪作りな相手だ」

「ほんとです。好みじゃないと思って油断しましたね」

喉の奥で笑いの息を留める律を、隣に腰かけた紳士が眺めてくる。

「思うんですが、そのチャラっと軽薄なのがタイプ、というところが間違いなんでしょうね」

「間違い……？」

示唆されて改めて考えてみる。

付き合った恋人がどちらもチャラ男だったため自分の好みは軽薄なアホと思っていたけれど、違うのだとしたら。なぜ自分は彼らと恋仲になったのだったかと考えてみる。

そうだ——彼らには、構われてアプローチされて、自分の性指向とも合致したからそれで付き合うことになった。だから付き合ったあとようやく、いいところと悪いところを知った。悪いところの方が多かったわけだが。

でも理央のことは、構われるようになるよりもっと前に、たくさんいいところを見つけてしまっていた。

真面目なのに面白くて、食事の好みが合って猫が大好きで穏やかでやさしくて、一緒にいると楽しくて。いいところしか思い浮かばなくていっそびっくりする。

もしかしたら律の理想は、本当はチャラ男なんかじゃなくて理央の形をしていたのかもしれない。

好ましい相手に構われてやさしくされて、それで恋してしまったのだとしたら。そんなの絶対、逃げ場がない。

「うわあ……」

律は呻いて顔を覆った。理央を好きになってしまうなんて見通しが甘いと反省していたけれど、そもそも自分の好みのタイプを見誤っていたせいだとしたら間抜けすぎる。猛省だ。

「それで、同居人の方はまったくあなたに興味ないのですか？」

「猫扱い以外としては……どうでしょうね。休日ずっと一緒にいても気詰まりには思われてないみたいだし、今日なんかいきなり膝枕してくるし、好意は持たれてるはずですけど」

「ひざ……まくら……？」

なんですかそれは、と紳士が眉根を寄せた。わけわからないよね、俺もわからないです、と内心頷きながら、律は状況を説明した。いちいち「ほう」「ほほう」と相槌を入れて聞き終えた紳士は、遠い目になって「まるでノロケを聞かされた気分ですよ……」と生温かい笑みを浮かべた。

「相手はあくまで人型の猫を構ってるだけなんでしょうけどね」

同じように生温く律は微笑む。

けれど、理央父にどんなふうに伝わるかという心配はあるものの、理央の行動について文句交じりに語れただけで心は幾分すっきりした。というか他人が聞くと理央の行動はノロケになるのかと可笑しくなる。そんな扱いを受けていたら恋をしても自分は悪くないよな、と自己肯定感すら湧く。

慧眼《けいがん》の秘書さんは、律の顔から悩みの影が去ったことに気がついたのか「ちょっとお引き止めしすぎましたね」と立ち上がった。

「部外者ではありますが、私はあなたの恋を応援しますよ」

「……あり、がとう、ございます」

礼を言いつつも「あなた全然部外者じゃないでしょ」と内心突っ込む。まあ応援いただいても理央の恋愛観を考えると告白すらままならなくあるのだが、その気持ちは嬉しくて律は頭を下げた。

慈愛に満ちた笑みでひとつ頷いて、秘書さんはまたもや様になるウインクを残して駅へと去った。

——はあ。

膝枕に動揺していたせいもあり、あれこれ暴露してしまった。

ただ何度か話をしたせいか、律の中には秘書さんへの奇妙な信頼が生まれている。それに、話に聞く理央父は恋心を大事にしているようだし、自分の息子に恋するいたいけな青年を手酷く排除したりはしないと思う。そういう人であってほしい、という希望も込みでそちらにも信頼が湧きつつある。

だから律にとっての問題はひとつに集約される。恋心がバレるのは絶対に避けたい、という一点に。

いつものスーパーをうろつきつつどうすればいいやらと思い巡らせ、それでも忘れず南蛮漬けに漬け込む玉葱と人参、ついでにパプリカをカゴに突っ込む。

恋バレの危険性は常にあり、その原因は好き放題律にさわってくる理央の行動にある。単に律を四匹目の猫扱いしているだけにせよ、あの撫で撫でが最大の問題点なのは間違いない。

野菜をセルフレジに通して決済し、ふと、理央の方からある程度距離を置いてくれるだろう作戦を思いついた。

そう、ゲイだと告白するのだ。

同居を始めてすぐの頃、理央にカミングアウトしようかと考えてやめたことがある。それなりに心地よい関係なのに距離を置かれたら嫌だと危惧してだったが、あの頃よりも今の律はずっと理央について詳しい。同居人がゲイでも、ひどい拒否を示すような人間でないのはもうわかっている。

——多分、ちょうどいい距離に離れてくれるはず。

仲良くしてくれるけれど触れてはこないという、そんな絶妙な距離に。

名案が浮かんで弾むような歩調になった律は、どう伝えるのがベストだろうかと切り出し方を考えながら日暮れの帰途を急いだ。

§　§

同居が始まって一週間ほどが過ぎた頃から、理央は終業時間が待ち遠しくなった。

仕事が嫌になったわけではない。むしろ気持ちにハリが出て業務はさくさく進んだ。最初は引っ越しで心機一転できたためかと考えたが、二週間した頃どうも違うと気づいた。家にいるのが楽しいから帰宅したいのでは、と。それからさらに新居で一週間近くを過ごして、自分の心境変化の理由がわかった。

実家にいた頃とさして変わらない生活の中での、ただひとつの違い。——律の存在。

今日の夕飯は何かな、と考えると、理央の口元は勝手に緩む。食事が楽しみなのは勿論だけれど、家に帰り着いた理央へ「おかえり」の言葉と共に笑顔の律が今日の献立を宣言する瞬間、たとえようもなく幸せな気分になる。

しかも律は、退勤時に「今から会社を出る」と連絡を入れておくと、理央の帰宅に合わせて食事を作り上げてくれるのだ。実家には住み込みの家政婦さんがいるが、彼女は契約で七時までの労働だったため、理央はたいてい電子レンジで夕飯を温め直してひとりで食べていた。

一度、理央の帰宅を待たずに先に夕飯を食べていていいのに、という話をしたことがある。律の方が早く帰っているのに、いつも一緒に食卓を囲んでくれるからだ。しかし律は、よほど遅くない限り理央を待つと言ってくれた。

「ごめん、ありがとう」

そう告げた理央へ、その時、律は照れたような笑顔を見せた。

「ほんとのこと言うと、一緒に飯食えるのいいなって思ってさ。前は俺が昼飯作っといても母さんは接客の合間に自宅戻ってパパパッて食べる感じだし、親父が一緒なのは定休日だけだったし」

人と一緒に食べるのは楽しい、と律は笑う。その気持ちはわかる。が、理央は、人との会食は多い方だけれど、こんなに幸せに感じはしない。理由はもうわかっている。自分は――律と一緒の食事こそを、美味しいと感じている。

「律が忙しくなって一緒に食べられなくなったら寂しいかも」

「……かわいいこと言うな、ひとりでもちゃんと食べろよ」

わかりやすい年上の男は拗ねた表情で装飾した照れ顔を見せて、お兄さんぶった言葉を呟く。

「じゃあ律も、俺が遅くなったときは待たないでちゃんとひとりでごはん食べてね」

「わ……わかってるって」

「実は寂しいのは律の方だったりして」

「うるせ」

軽口の応酬と笑い声。そんなふうに理央は、この生活をずっと続けていきたいと思っていた。

だから――昨日、律の口から婚約解消のXデイについて出てきた時には、鏡など見ずとも自分が顔色を失うのがわかった。婚約状態じゃなくなったら同居も解消だなんて、思いもよらなかった。すぐに、自分たちには婚約と同居を関連づける必要がないと気づいたから律を説得できたけれど、事はそれだけで終わらなかったのだ。

現在、日曜の夕方。

週明け、夕飯が要らない日があると理央が告げるよりも早く、寒気で頬を赤くして帰ってきた律はエコバッグを肩に下げたまま言い放った。

「理央、今まで黙っててゴメン。実は――俺ゲイなんだよ」

と。

「あっ、でもゲイだからって男ならなんでもいいとか思わないでな！　当然好みのタイプってのがあるし。えっとあのそれで、理央は俺のタイプじゃないから、全然、ほんっと全然、恋されたらやだなーとか警戒しなくていいから、えっと、ゲイに偏見ないならこれからもよろしくなっ」

朗らかに明るい声で、視線を微妙に揺らがせて、そう続ける。

律がゲイ。告げられた瞬間の自分の心の揺らぎの意味を考えるより早く、理央のことは好みではないと畳みかけられ、理央は黒猫タラを抱えたまま固まった。

遠足の日にわくわくしてカーテンを開けたら、今にも雨が降り出しそうな暗黒の曇天だったときのような落差ある失望が胸に満ちている。

「……よろしくするのはいいけど。タイプじゃないって言われると、なんだか告白してないのに振られた気分になる」

自分の感じるもやもやをどうにか言語化してみるもちょっと違う。そんなことがこの暗雲の理由ではないと思う。律は慌てた様子でしどろもどろに弁解をしようとしている。

「あっ、いや、好みではないってのは嫌いって意味じゃないから振るとかそういうんじゃなくて、あの、そう、俺の趣味がチャラ男なだけだから、理央は気に病まなくていいっていうか」

勿論、嫌われているかもなんて疑いはひとつも浮かんでいない。ただもやもやは確実に増えた。

――チャラ男。チャラ男がいい、と。

はっきりとしない不満が伝わったのか腕の中から黒猫が逃げてゆく。猫は敏感だ。

しかしなぜ暗雲が広がるかの更なる言語化は難しく、理央は無言で自分の内面を浚《さら》ってみる。その沈黙が辛いのか、律はへどもどしながらさらに言い募る。

「そうだあの、今、俺別に付き合ってる相手とかいないから、その、連れ込んだりも勿論しないしなんなら恋愛疲れしてて別に恋愛なんてしなくてもいいかなーって気もしてるしだから」

「……へえ」

胸の中の暗雲が質量を持った黒い塊に一気に育った。

今はいないということは、過去にはいたということだ。そういえば見合いの時にもさらっと過去の恋人の存在は示唆されていた。あの時は別に気にならなかった。なのに今は、律の口から「連れ込む」なんて単語が出るだけでずしりと胸が重くなる。

でも、自分にそれを責める資格は多分ない。律の「そういうこと」に関し、自分は部外者だからだ。ただの、「偽」の婚約者だから。

もう話を切り上げたくなってきた。しかしこの手の話題からいつも逃げてきたから、どんなふうにすれば悪い印象を持たれずに終われるのかわからない。悩む間にも、律の過去の恋人という重石がのしかかってくる。頭に綿を詰めたみたいに気が回らなくなって、理央はつい、

「……週明けから少し忙しいので夕飯要らない日があるから」

そんなことを宣言してしまった。

あ、と失敗を感じた時にはもう口から言葉は出ていた。

普段ならなんてことのない報告だ。けれど、ゲイと暴露された直後の話題としては不適当もいいところである。まるでゲイだとわかった律を避けているかのような宣言。

違う、そういう意味ではない。けれどそんなこと、心で思っても伝わるわけはない。

案の定、「そっか、おう、わかった」と声音だけは明るくしつつ律は視線を落とした。普段はぱっちりとした二重の目は長めのまつげが縁取っていて、伏し目がちになると途端に憂いが強調される。理央の中に、重苦しい暗雲などよりもっと強い、「元気づけたい」という使命感が満ちた。

どうすればいいだろう。避けるつもりは一切ないことを伝えるために。

理央は律に近寄り、その手を握った。両手で。ぴくりと律の肩が揺れるが振りほどかれはしない。ゲイであることを忌避《きひ》したわけではないと、これで伝わるだろうか。

伏せた視線で無言のまま、律は握られた手を見つめている。その唇が徐々に尖っていくのを見て理央はほっとした。拗ねたようなそれは、照れているしるしだ。

「なんで手ぇ繋ぐんだよ……」

「え……繋ぎたかったので……?」

根源的な質問に素朴な返事をした理央を、拗ねた口元のまま見上げてきて、律は「飯作ろっと」とするりと手を抜き、身を翻《ひるがえ》した。

8

作戦失敗だったのだろうか。

――だろうか、じゃないだろ。失敗だろこれ。

理央に握られた右手を眺め、律は職場の机で昼飯を食べる。理央との同居が始まってから実家で昼食を作らなくなったため、外食だったりコンビニだったりと律の昼ごはんのバリエーションは増えた。今日はコンビニで買ってきた卵サンドだ。少ししなしなになったパンの食感が、自分の気分に妙にマッチしている。

「はあ」

まず、ゲイだと告白する。すると、理央の性格からして、ゲイを忌避することはなくとも、みだりに触れる行為はなくなるだろうと律は考えていた。律が女性にべたべたさわったりしないのと同じだ。さらにそのうえで「お前はタイプじゃないから安心しろ」と明言すれば、律に恋されているかもなんて心配を理央もせずに済む、いいとこどりの作戦となるはずだった、のだけれど。

――……おかしいなあ。

どうも予想通りに理央は動いてくれない。

ゲイだと明かしても避けられるなんてことは絶対ないと思っていたから、カミングアウト直後に「仕事が忙しい」とまるで人を避けるテンプレのような言葉を紡がれて少々ショックを受けた。だが「理央はそんな奴じゃない」と自分に言い聞かせるより早く、理央は、律の手を握った。両手で。ぎゅっと。

——どうして手を握る……！

理央の手の厚みと、縋《すが》るような力強さを思い出して、食べかけのサンドイッチを片手に持ったまま律はデスクに突っ伏した。勢い余ってゴンと音がしたせいで、向かいに座る事務の先輩おばさまに「あらあ大丈夫？　律くん」と声をかけられる始末だ。

返事して笑顔で起き上がったところで、片隅に置いておいたスマホにメッセージが入った。理央からの、「取引先と夕食をとるので今日は作らなくて大丈夫」というものだった。了解、と短くスタンプを返した直後スマホがまた震える。どんな相手と何を食べに行くのかという詳細が、まるで申し開きをするかのように書き込まれていた。そりゃあフレンチフルコースを夜八時から食べたら何も要らなくなるよな、と笑ってしまう。

これだから理央は困りものなのだ。

昨日のカミングアウトののち、単に遅くなるから夕食は要らないと言われただけだったら、こんな穏やかな気持ちでいられなかったと思う。理央がゲイの同居人を避けるような人間だと思っていなくとも、テンションは落ちたはずだ。この詳細な事情も、とりなしのための言い訳っぽく感じていたかもしれない。

そう感じないのは、と律は右手を眺める。

あれがあったから、律はこうしてフレンチフルコースの内容を見て笑っていられるし美味そうなもの食べに行くんだな、なんて感想を持つことができるのだ。

しなびた卵サンドみっつ目を口に放り込み律は、ひとりで食べる夕食のうちの一品は、理央が今日外食するものと同じにしよう、と決めた。

家に帰った律がまずするのは猫たちのトイレチェックだ。

現在トイレは種類を変えて四つ設置されていて、猫たちそれぞれで使い方や好みが分かれているため、誰がどんな健康状態かわかるようになっている。

みんな健康的排泄物だったので、律は満足して自分の食事を作り始めた。

今日は少し退社が遅かったため、食べ終わって時間を見るともう九時を過ぎていた。理央の方はまだ食べているかなと思いつつ、律は乾燥機に突っ込んであった洗濯物を回収してきて畳み始めた。

それにしても、猫という生き物はどうして畳んだ洗濯物が好きなのだろう。のっそりとした動作でやってきたわらびは畳んだバスタオルの上に香箱《こうばこ》座りするし、やんちゃなゼンはまだ畳んでいない洗濯物の山にダイブして楽しんでいる。理央マニアの黒猫タラは、程離れた床に落ちていた。

「癒《いや》し……」

思い返せば昨日はテンパってしまって色々と言わなくてもいいことを口走った気もするけれど、手を握るという理央の行動ですべてが吹っ飛んでしまった。あれは一体どういう気持ちでしたことなのだろうか。

ふと、秘書さんだったらどう分析するだろう、なんて考えた。理央とは面識があるだろうし、その性格もわかっているはずだ。案外、律より正確に理央について読み解いてくれるかもしれない。すっかり相談相手扱いになってしまったなとひとり苦笑する。

そんな律の脇、バスタオルの上で丸くなっていたわらびがゆったりした動作で起き上がり、胡坐をかく脚の上へとやってきた。

すごい、乗ってくれるのは初めてだ。にやける顔をそのままに、律はそっとわらびの頭を撫でる。

「かわ……かわかわのかわ……」

語彙力《ごいりょく》の低下がいかんともしがたい。しばしアホみたいな語彙で猫を誉め称え、頭やあごの下など比較的猫が好む場所をモフる。だんだん解《ほど》け始めたわらびは、腹を撫でろというようにころりと転がり、小さく喉を鳴らし始めた。ゼンは腹よりも尻を叩く方が嬉しいタイプらしいので、猫とひとくくりにしてもその内実は様々なようだ。

――そっか、人の反応も様々でおかしくないのか……。

これまで律は、ゲイであることを、父や副板長、学生時代の友人の一部に明かしている。友人に関しては勿論人を見てのカミングアウトになるが、「君は恋愛対象外ですよ」と明言することで以降も普通に付き合ってくれた。律の予想では、理央もこのグループに属してくれるはずだった。しかし、そうはならなかった。

手を握ってきた友人なんてひとりもいない。人それぞれといっても理央は隔絶しすぎだ。

「はぁあ。わらびー。わーらびちゃん。ちょっと聞いてくれる？」

わらびは相談に乗ってくれる紳士な猫なのだという。ならばいつ遭遇するかわからない秘書さんよりもこちらの紳士に相談してみよう。

「俺はあ、お前の下僕一号のことがす、好き、なんですけど。理央の奴は俺をどう思ってると思う？」

ちょっとしたことで人の髪をさわっては猫のようだと微笑む。映画を観ているときはなぜか律のそばにいる。カミングアウトに対して手を握ってくる。あれはどういう気持ちからの行動なのだろう。

「俺のこと猫と思ってるってのはわかってるんだけど……」

それ以上に何かないんですかね、と胸の中に吐き出す。

ときめきのある生活はよい、なんて思い込もうとしていたときには求めようとは思えなかったけれど、自覚をしたら理央からどう思われているのか気になるようになった。これは見返りを期待しているというやつだろうなあ、と思う。

ふわふわの腹毛の中に指を埋もれさせてゆったり円を描きながら理央のことを考える。

浮かんでくるのは向かい合わせの食卓で美味しそうに物を食べるところだとか、律の髪の毛に触れてきては悪気なくハゲに気をつけろとか馬鹿なことを言う姿だ。まったく理央の思惑などわからない。

――そもそも何も考えてないだけかもしれないけどさ。

それが一番正解に近いかもとちょっと笑えてしまう。

ふと、こちらを見上げてくる翡翠《ひすい》と金の交ざった瞳と目が合って、律はゆっくりと瞬きした。敵意があると猫に思わせないようにする作法だ。するとわらびも、腹を見せたままゆっくり眼を閉じた。

――なんか、お話聞いてもらった感ある。

わらび自身は撫でられてゴロゴロ言っていただけなのだろうけれど、律の心は勝手に癒された。

洗濯物も畳んだし、今日の家事はすべて終わったが、理央はまだまだ帰ってこないだろう。風呂に入って、部屋で本でも読みながらだらだらするとしよう。律は床暖房の切タイマーをセットした。理央の帰宅が何時になるかはわからないけれど、いつも二十三時半に寝ているから同じ時間にした。猫というのはマイペースなだけじゃなくてこだわりが強い生き物でもあるらしく、決まった時間に決まった場所で寝たいものらしい。夜更かしするとタラが「もう寝る時間だ」と呼びにくるのだと、以前理央が嬉しそうに話していた。

そんなこだわりを持つ猫たちは、タラとゼンが理央のベッドで、わらびがリビングのソファの背もたれの上で眠ると決まっている。

——俺の部屋で寝てくれてもいいんだぞ……特にゼン。

最近すっかり仲良くなったアメショ柄の猫に期待して、今日も律は寝室のドアを薄く開けておくことにした。

§　§

夜遅いのでこっそりと玄関ドアを開ける、という経験は理央には初めてだ。

残業で遅くなっても実家は広く、父母の寝室とも住み込み家政婦の部屋とも玄関は遠く離れていたから、気遣って静かに扉を開け閉めせずとも響いたりはしなかった。

このマンションの部屋はかなり広い方だが所詮ワンフロアなので、寝ているだろう律を起こさないように注意を払って理央は帰宅をした。

廊下の奥の自室から、タラとゼンがニャアアと甘えた声を上げながらやってきて、理央の帰りを歓迎してくれる。寝起きで温かい耳をした、柔らかく愛しい毛玉たちを撫で、リビングへと向かう。わらびはそこにいるはずだ、と思ったのだけれど——なんと、廊下の途中にある律の部屋から、しましま長毛のわらびが出てきた。

「えっ。わらび、律と一緒に寝てたの？　いつのまにそんな仲良くなってたの」

似たような毛色のふたりが仲良く並んで眠っているところを想像して、理央の口元はにやにやと溶けてしまう。同時に、実家にいる頃からずっとひとり寝をしていたわらびと共寝をしていた律が羨ましくもなる。足に何度も身体をこすりつけてくるわらびをひょいと抱き上げ、理央は頰擦りした。

「わらび、律と寝たのか、いいな。抱っこしてもらったか？」

わらびと寝られて律はいいな、と思っていたはずなのに、口から出たらわらびを羨むようなセリフになってしまった。ワインのせいで酔っているのかな、とふかふかの猫の首に鼻先を埋めていると、半開きだったドアが開いてパジャマにカーディガンを羽織った律が出てきた。

なぜだか、「おかえり」と呟く顔が照れ顔になっている。

「ただいま。律、起きてたんだ」

抱えていた猫をそっと廊下に下ろして返事をしたあと、理央はまじまじと律を見つめた。

——髪ぼさぼさで、かわいい。

まるで冬毛になった猫だ。毛梳きしてやらなくては、とふと思い、とりあえず手櫛《てぐし》で、と理央はその髪を撫でつけた。相変わらずのさわり心地にうっとりする。

部屋を出てきた時から照れ顔をしていた律は、眉尻を下げ、困り照れ顔という新たな表情を作って、やんわりと理央の手を下ろさせた。

「寝転がって本読んでたら、わらびが隣に来てくれただけで。一緒に寝ていたってほどでは」

「あ……そうなんだ」

どうやらさっきの、律と寝てたのか、というわらびへの言葉が聞こえていたようだ。

さほど酔っているわけではないがとりあえず冷たいものでも飲もうとリビングへ向かうと、足元に溜まっていた猫たちが我先にするすると中に入っていく。こんな時間に起こしたんだから夜食くれますよね、と要求するつもりだろう。勿論、帰りにコンビニでお土産のにゅ〜るをゲットしてある。自分の後ろをついてきている律に、一緒ににゅ〜るをあげてくれ、とお願いした。ひとりで三本の液状おやつを操るのは難しいのだ。

「あ、これは律にお土産」

コートを脱ぐ前に、理央は箱入りパウンドケーキの入った紙袋を律へと差し出した。

「え。あ、ありがと……」

「遅いときはみんなにお土産買ってるからね」

当然律にも買った。受け取った律は、嬉しそうにしながらも「俺は猫ですか」と口を尖らせている。

「律は——」

猫。

猫は、自分にとって何よりかわいく大事で大切にしてあげたいもの。律は——……理央の中で何かよくわからない気持ちがくるくる回る。律は、大事だ。猫扱いされて喜ぶのもかわいい。律は、かわいい。ということは。

「……猫だね」

「なんだよ、じっくり考えてから猫って言うな」

「いやあ……猫だなあ、ってしみじみ」

見つめると、照れた色をいっそう濃くしたくせに「人間がお猫様と肩を並べていいわけないだろう」などと律は猫バカ全開な文句を言ってきた。そこは同意だ。

「まあ、たしかに」

そう頷きながらも、理央は思う。

——人間のくせに、律はかわいいよね。

けれどそれを言うのはなんだか変な気がして、口にしないままその気持ちは心の中に転がしておいた。

「えーと、寝る前、何も食べなくて平気か?」

風呂に入る前にウーロン茶でも飲んでおこうとキッチンへと向かった理央にくっついてきて、律が問う。

「うん。フルコースだから結構重かったし大丈夫」

「おっけー。なあ、明日も遅いって言ってたよな。どのくらいの時間になるんだろ。なんか作っとく?」

「時間は今日ほどではないかな。会社でコンビニ飯でも食べるから気にしなくて大丈夫だよ」

本当は律のごはんの方がいいけれど、手間をかけさせるのも悪くて断ると、律はびっくりしたようにキッチンカウンターに身を乗り出してきた。

「理央ってコンビニ飯食うの?! こっち来てすぐの時、絶対コンビニなんて行き慣れてない系だよなーって思ったのに」

「俺をなんだと思ってるの……どのカップ麺とおにぎりがマリアージュするか考察できるくらいには食べてるよ」

「マリアージュって」

わざとらしく使った単語にしっかり笑ってくれた律が、「マリアージュより先に野菜食ってください」と突っ込みもくれる。

「まあ、健康のためにはね。でも俺が食べたいのは律のごはんだからなあ。そうじゃないならカップ麺とおにぎりでいいや」

「……それ料理作る人間としては嬉しいやつだから言うのやめてくれない」

「嬉しいならいいじゃない。あ、照れてるんだ」

「照れてませんけどぉ」

反論しつつも律の口は尖っている。

平静を保とうとしているのにこっちにはバレバレ、というのも猫っぽい。ジャンプを失敗して、毛繕いで誤魔化すゼンを思い出して理央は笑ってしまう。

「ほんと、律はかわいいなあ」

他意無く心のままに呟き、ウーロン茶を一気飲みする。律はもう、理央の軽口はスルーすることにしたのか抵抗を見せず、カウンターの向こうでくるりと背を向け猫のおもちゃを振り始めた。

「えっと。今日、うちから銀杏貰ったから、明日の夕飯、小田巻蒸《おだまきむ》しにしようと思ってたんだけど。食いたいなら、レンチンすれば食べられるようにしとくけど」

「えっ。食べる！　小田巻蒸し好き」

「じゃあ、会社で食べる夕飯、おにぎりとサラダにしとけよ」

「はあい」

栄養状態まで気遣ってくれるなんて、律は本当にやさしい。

ふわふわいい気分で「じゃあお風呂入って寝ます」と宣言し、理央は先にリビングを出た。律がお湯を抜かずにおいてくれたおかげで、少し追い焚《だ》きするだけで済みそうだ。適温になるまでに身体を洗おうと頭からシャワーをかぶり、律はもう部屋に戻ったかな、なんて思いを巡らせ、それから理央は不意に考えてしまった。律はなぜ自分に良くしてくれるんだろうかと。

——俺のこと、好みじゃないって言ってたのに。

自分にすらこんなにやさしいなら、好みの男相手だったら律は一体どんな対応をするのだろうか。

「……やだなあ」

律が、自分以外の男と過ごす姿なんて想像したくない。笑顔を見せたり食事を作ったり照れ顔を見せたりするなんて考えたくもない。

せっかくいい気分で一日を終えられそうだったのに、くだらないことを考えてしまったものだ。寝る前にネガティブな気持ちを膨らませるのはよくない。何か楽しいことを思い浮かべよう。

そうだ、明日の夜食だ。律がわざわざ理央の分も作ってくれるのだと思うと、くだらない妄想は鳴りを潜めた。

他にも何かポジティブなものは、と考え、さっきのぼさぼさ頭の律とその髪を撫でた手触りを思い出し、理央はゆっくりと湯船に身を沈めた。

9

今日もまた理央は遅い。

今週の理央の割り当て分の家事は洗濯と掃除だが、正直二人暮らしでの洗濯は毎日でなくともいいし掃除もロボット掃除機が大活躍だ。明日が祝日だからまとめてやってもいいわけだし、理央の当番を代わりにする必要もなく、帰宅後の律は夕飯作り以外には猫と遊びつつ本を読むくらいしかやることがない。

——……かわいいって言った。

小田巻蒸しをふたり分用意する間にも、そんな事実確認の声が心に浮かんでくる。実は昨夜からずっと、ふとした瞬間にリピート中で、そのたび律は床を転げ回りそうになる。

そんな衝動を我慢しつつ、自分の夕飯の分を蒸し器に入れた律は寄ってきたわらびを撫でて「あれって相談の成果なのか？」とつい尋ねてしまう。そりゃあたしかに、理央は自分をどう思ってるのかな、なんて戯《たわむ》れに呟いてはみたけれど。

「あんなにさらっとなんの気なしに言いましたって感じじゃ、結局猫と思われているんだなーくらいしかわからないじゃん……？」

そうは思いませんか、とぼやきつつ、わらびとゼンをモフモフしていたら、蒸し器のタイマーが鳴った。そっと猫たちの間から立ち上がり、律はふっくらうどんと具だくさん茶碗蒸しのコラボをしばし楽しんだのだった。

食べ終わった食器を片付け、理央宛てに、小田巻蒸しのどんぶりを電子レンジにかける時間をメモしておく。どうせ明日は休みだし理央が帰ってくるまで起きていれば蒸し器にかけてやれるが、これから部屋でだらだら本を読むつもりなので、本格的に眠ってしまった場合の保険だ。

実家にいた時はなんだかんだで終業後も膳の上げ下げなどに駆り出されたため、食後の時間がまるっと自分だけのものというのは珍しい。

――こっちに来てからもなんだかんだで理央と一緒だったしな。

ふたりでいるときも本を読んではいたが、やはり傍らに人がいるといないでは違う。集中はできるけれど、理央は一緒にいて気詰まりでない相手だから、いないと寂しい。

寂しいのは律じゃないの、と叩かれた軽口と共に、またも「かわいい」発言を思い出して律は床に突っ伏した。まあね、寂しいですよ、好きな相手に距離を取ってもらおうとしているわけですから、とぼやいてみるも、その距離取りはまったくうまくいっていない感がある。昨日だってごくごく普通に髪を撫でられてしまった。

「はあ……何考えてんだろうなあ、ほんと」

ごろりと仰向けで寝転がった律の上にゼンが乗ってきてごろごろと喉を鳴らす。

すっかり馴染んでくれたこのやんちゃ猫はかわいい。理央がいないならとひとりで床に落ちているタラもかわいいし、いつのまにかソファの背もたれで眠っているわらびもかわいい。やはり理央の「かわいい」はそういう「かわいい」なのだろう。

なんだか気が抜けて、律はほかほかの床に背を預けてしばし目を閉じた。

そういえば秘書さんに「理央が好きだ」と暴露してから二日経つけれど、理央父に特に動きはないようだ。何かあれば理央が教えてくれるはずだが、父親の「ち」の字も口にしない。

秘書さんが報告をしていないのか、それともまだまだ律を泳がせるつもりなのか。まあ、あちらの出方を考えるだけ無駄ではある。

ふあ、と大きなあくびが出た。結論が出ない思考は逆に脳がおやすみモードになるようだ。

「……ベッド行こ」

まだ九時半だから即就寝というわけではないが、布団の中でまた本でも読むことにした。今日もわらびがベッドへ来てくれるかもしれない。そうとなれば善は急げだ。読みかけのハードカバーは重いので、ベッドのお供のためにお気に入りの文庫を携え、律はいそいそと自室へ向かった。


小さく鍵の開く音がして、律はふと目を覚ました。といっても頭はほとんど寝ていて、眠りの海面に漂っているような、一番気持ちのよいうとうとした感覚の中に揺蕩《たゆた》っている。

——ん……？

横向きで眠る律の背中に、何か温かいものが触れている。ちょっと重量のあるそれには覚えがある。昨夜も律の背を温めてくれていたわらびの体温だ。

至福以外の言葉が浮かばず、律はまどろみの中に浸る。わらびは、お昼寝はみんなと一緒だが夜の本気寝の時はひとりで眠る猫なのだと理央に聞いていたのだけれど、昨日今日とどうした風の吹き回しなのだろう。

眠気の中でぼんやり考えてみるも、猫の行動に理由などなくともかわいいからすべてよしなのだ。

ガチャ、と理央が控えめに電子レンジを開ける音が聞こえる。耳を澄ましているわけでもないが、夜中の静けさのせいで理央の行動が音で筒抜けなのが楽しい。

どうやらテーブルに置いた律の手紙を見て小田巻蒸しを電子レンジに仕込んだようだ。そこそこ時間がかかるので、その間に着替えをするつもりらしくリビングと自室をうろうろしている足音が微かに聞こえる。

「……あれ？　わらび？　わーらー」

ソファの背もたれに紳士猫わらびがいないことに気づいたらしく、静かな低音が名を呼んでいる。

残念、理央に呼ばれたらわらびは出ていってしまうだろう。

そう思ったのに、案に相違してわらびは律の背中にくっついたままだ。嬉しい。が、猫を探す理央に、わらびはここにいるから安心しろ、と教えてやりたくもある。

——でも、ねむ……。

明日は休みで朝寝できるし、起きてしまってもいいのだけれど、睡魔の強さからしてもせっかく猫が自分の背中でくつろいでくれている状況からしても、律はこのまま横になっている以外の選択をする気が起きない。だいたい、理央と顔を合わせればどうせまた嬉しくなってにこにこしてしまうから、カミングアウトをした意義がより薄れるだけだ。

布団の温かさにくるまって目を閉じていると、理央が立てる現実の音と、眠りの中に片足を突っ込んだために見る現実っぽい夢の音が混ざってゆく。レンジの温め完了のチンという音とか、ごく小さな「いただきます」とか。律、律、と呼びかけてくる密やかな理央の声とか。

どこがどう現実でどう夢なのか。時間の経過もうつろになって、その浮遊感すら気持ちよい。

んー、とか、いいよ、とか、そんなことを寝ぼけ声で返事した気がする。

「わらび、またこっち来てる？」

いきなり、遠間《とおあい》でも夢でもない近い場所で理央の声が聞こえた気がして律はびっくりした。どうやら部屋に入ってもいいかと尋ねられ、いいよと返事していたらしい。

頭は起きたつもりなのに、身体はまだ眠いらしく全然しゃっきりしない。

「う……？」

「ごめん、寝てるとこ」

「んん……わらび、俺の、背中……」

呟きながら自分がスヤァと寝息を立てるのがわかる。近くに理央がいるというのに睡魔様の誘惑が強すぎる。

しかしどうやら長年わらびと共に過ごしてきた理央も出ていくだろうと、律は眠気に身を任せる。

とりあえず猫の所在を確認したら理央も出ていくだろうと、律は眠気に身を任せる。

しかしどうやら長年わらびと共に過ごしてきた理央にとってはありえない事態が目の前で展開されていたらしい。律に迷惑をかけないためだろう、ごくごく小さな声で「うわ……うそ……かわ……」「ちゃんとお顔出してるわらび……かしこ……」「うらやま……」などなど呟いている。どう考えても変態だが、猫と暮らすようになって自身も猫飼いの精神を獲得した律にとってはそのすべてのセリフに理解しかない。

普段タラとゼンと共に寝ているくせ、何が羨ましいのだと思うものの、紳士なわらびがこうしてくっついていること自体羨望の的となるのもまあわかる。

「お前も、一緒……寝たら……いいじゃん……」

喋るのもかったるいような眠気の中に身を置いているが、理央があまりに羨む言葉を紡いでいるから、律はついそんな言葉を口にした。

「え」

でろ甘の声音で猫を愛でていた理央が、正気に戻った。その声で、律の眠気もすっ飛ぶ。

――待て、何言ってんの俺……!!

別に誘っていない。いや、性的な意味では勿論誘っていないんだけれど、セリフはお誘い以外の何物でもない。

カミングアウトする前ならともかく今はまずい。大変まずいことを口走ったとそう思う。まるでビッチである。かといってこれで起き上がってあわあわ否定したらまるで本心で言ったみたいだし、いや、本心は多分に含まれていたけれどそういう意味ではないわけで――考えれば考えるほど身動きできなくなってゆく。ひとりで脳内がパニック状態だ。仕方なく寝息っぽいものを立ててるしかできない。

そんな律へ、理央は「もしかして寝ぼけてる？」と尋ねてきた。

寝ぼけ。それだ。起きて弁明するより、寝ぼけたうえで口走っただけだと強化する方向に律は決めた。

「ベッド……まだ空いてるから……ほれ」

もそそ、と律は横臥したまま身を丸める。この動きでわらびが逃げてしまったら切ないがそうすれば理央も去るだろう。

焦った中で取った行動としてはなかなかベターな選択では、と自画自賛したのも束の間のことだった。

ベッドの足元がぐっと沈んで、律の頭の中は疑問符だらけになる。ある程度の重みがなくちゃベッドのマットは沈まないわけで、さらにその沈み込みはゆっくりと枕元へと向かってくる。

――え……ちょ、引かないのかよ理央……?!

すやすや健やかな寝息めいたものを響かせつつ混乱する律の背中側で、そっと掛け布団がめくられる気配がした。一瞬ひやりとした空気に触れるがすぐに蓋《ふた》をされる。さらに点けっぱなしだった明かりが消されてしまう。

「わらび、俺も一緒に寝ていいって」

ひそ、と甘い低音が猫へ話しかけている。思いのほかその声は近く、律は暗闇の中、目をぱちぱちと瞬いた。うっすらと家具の輪郭が見える。この一ヶ月ほどで慣れた、自分の寝室の風景だ。ということは――これは、夢ではない。

ぞわわわ、と背筋から耳元へ向けて震えが伝わった。

さっきだってちゃんと起きていたはず、なのに、今は覚醒の度合が段違いだ。

背中に、猫一匹分の隙間だけ空けて、理央が寝ている。

しかもそれどころか猫バカ野郎は事もあろうにわらびの腹を撫でだした。律に背中を預けている猫が、くるる、くるる、と小さく喉を鳴らし始めている。撫でられて微かに揺れる猫の身体に和みもするが、理央がその揺らぎをもたらしていると思うと微妙な卑しい気持ちが刺激される。

――もう、ほんと、なんでこうなる……っ。

理央は、本当に、予想通り動かない。

それはまあ他人なんだから当然なのだけれど、あまりにも、あまりにも律の想像の斜め上を行くものだから恋心はありえない強さで刺激されてしまう。

やがてわらびが寝入り、鳴らしていた喉の音が消えると、理央もさすする手を止めた。話しかけられることもなく触れられることもなく時が過ぎる。

どのくらいそうしていただろうか。息を潜めているうち、だんだん気持ちが落ち着いてきた。眠気が復活してきたのも大きい。

このまま寝てしまおう――律は、意識を手放した。

次に気づいた時、律の背中はぬくもりに覆われていた。すでに夢の中のはずだけれど、なんだかひ

どくいい気分で、律は無意識に口元に笑みを浮かべてしまう。

――あったかい、きもちいい、あったかい……。

猫と一緒だとこんなに心地よく眠れるなんて、猫すごい。かわいくてあったかくて、そうだ、寝返りを打って踏んづけないようにしないと。

そんな意味のあることを考えたせいか、ふわっと一瞬、律は深い睡眠から浮上した。

背中は未だ温かいまま、気持ちよく――。

「う……？」

おかしい。背中にある体温の大きさが、どう考えても猫の身体のそれではない。しかも横向きで眠る律の脇腹には何か棒状のものが乗っており、さらにうなじ辺りにひそやかな寝息を感じる。

――え……ちょっと、まさか、背中にいるの……。

ダイレクトに理央だ。

なぜわらびがいないのだろう。律、猫、理央の川の字だったはずなのに、間のわらびが抜けて川の字じゃなくて部首でいえば「りっとう」の体勢になっていた。

しかも、あろうことか、理央は律の髪を吸っている。まるで猫を吸うが如くに。

――す、吸うな吸うな、バカ……！

理央の呼吸のたび体温が上がる。すやすや寝息の理央と反比例して律の呼吸は浅く苦しくなる。

母が買ったセミダブルのベッドはひとり寝には充分な広さだけれど、ふたりではさすがに狭いから、わらびがいなくなったならこんなふうにくっつく方が合理的ではある。あるけれど、合理的なら寝られるかといったらそんなわけはなく。

「む、無理だろこんなの……」

この、腹の上に乗っかった腕は何なんだよ、と押しのけようとすれば、するりと猫を撫でる手つきでさすられてそっと指先を繫がれる。

ときめきとか潤いとかそんなきれいな上澄みじゃない、厄介な欲望が湧き起こっても仕方ない。やっと自覚した恋の相手が一緒のベッドにいて、後ろから抱きしめるような形で自分と手を繫いでいる、なんて。

——付き合ってないのになんだこれ。

音も立てずに寝息を紡ぐ理央の呼吸のリズムが、首筋に当たる温かな空気で如実にわかる。繫がれた指の先まで意識を張り詰めているせいで布団の中なのにリラックスなんてできない。自分の理性を裏切る不埒《ふらち》な熱にも大変困る。

さらに理央はまるで猫のように、ぐり、と額を律の後頭部にこすりつけてきて小さく寝言を言った。でかい男前のかわいい言動なんて、きゅんとくるに決まっている。

もうやだ、と泣き言を心の中で延々喚きながら、律は眠れない夜を過ごすしかなかった。本当に、翌日が祝日でこんなによかったと思ったことはほかにない。

§　§

起きたら律のベッドで寝ていた。

ここに至るまでの記憶はちゃんとある。ほんの少し、わらびと同衾《どうきん》して満足したら出ていこうと思っていた。なのに思いのほか自分は疲れていたようだ。

朝四時半、タラが顔をつついてごはんを要求してきて、それでようやく自分が律のベッドで寝ていることに気づいた。

そっとベッドを抜け出す時、律が少し唸ったが起こすまでには至らなかったのでほっとする。

――なんだろう、この気持ち。

律と寝ていたという事実にひどく驚くのと同時、よくわからない弾むような気持ちになっている。

友人と同じ布団で寝たくらいでなぜだろう。学生時代にスキーに行ったとき、ものすごく安いスキー宿を手配されてひとつの布団をふたりで使わなくてはならなかったこともあるが、こんな状態にはならなかった。

律とは一緒に暮らしていて気心も知れていて、学生時代の友人よりも仲がいいのだから、同衾するような状況になるのもありえなくもない、はずだ。

なのに自分は今、困惑して動揺して――そのくせ妙な充足感を覚えている。

自分の心の動きがわからないなんて不思議なこともあるものだ。寝ぼけているのだろうかと悩みつつタラの餌やりにリビングへ行くと、足音を忍ばせていたのに他の二匹も颯爽と現れ、それぞれの餌皿の前へと待機した。ちょっと待って、と囁きつつ床暖房のスイッチを入れる。

計量スプーンですくったカリカリ餌をそれぞれに配給し、餌袋を戸棚にしまい込んでから理央はなんとなく手のひらを見下ろした。

律の手を、握っていた気がする。手を握るというよりは、指を絡めていたという方が正しい。

暖まってきた床の上に寝転んだ理央は、まだ律の指の感触が残って感じる手のひらを胸の上に置き、少しの間だけ目を閉じた。

§　　§

目を覚ますと、背中にいたはずの理央はいなくなっていた。勿論わらびもいない。

あれは夢だったのだろうか。ものすごくリアルで実際にあったこととしか思えないけれど、もし現実だったら色々困るくらいには厄介な反応を自分の身体に感じていた。

——夢だった、のか……？

もしそうなら自分の願望が駄々漏れすぎてヤバい。正直、恋人がいたことはあっても彼らに対してこんなふうに想いを募らせたことはないので、下手をすると初恋のような状態になっている。

まあ、夢だとしたら妄想力ヤバすぎということになるけれど、現実であるよりはマシだ。現実で理央と同衾などしてしまっていたら、自分が何をして何を口走るか知れたものではない。そう、そんな現実はなかった、理央を布団に誘い込んだなんて記憶は超リアルな夢でしかない。

自分を説得しながらリビングへと入ると、まだ朝七時だというのに部屋はほかほかと暖かく、さらに米が炊けるいい匂いが満ちていた。

「あれ、律、おはよう。お休みなのに早いね」

キッチンの方から爽やかな理央の声がして、律はあくびをひとつしながらダイニングのカウンターへ向かった。

「おはよ。なんかまだ眠いけど目ぇ覚めた」

「もう少し寝てたら？　目がしょぼしょぼしてる」

「んー、でも飯炊いてくれたんだろ。腹減ってるんじゃないの」

「ちょっと早起きしちゃって、やることないかなって思って炊いただけ。いつも通りの時間に起こすよ」

「んん……眠くなったら昼寝するから、起きちゃうかな」

　理央との会話が大変スムーズなことに安堵して、律はスツールに腰をかけた。どうやら理央はちょうどコーヒーポットでお湯を沸かしているところだったようだ。休日の朝限定でじっくりコーヒーをドリップするのである。

　やっぱりあれは夢だったのだろう。その証拠に、理央もなんにも言ってこない。少なくとも律が粗《そ》相《そう》していたらこんな状態にはなりえない。

　ようやく心の底から納得して、律は冗談めかして「マスター、紅茶ください」と頼んだ。カウンター越しの理央相手だと、つい喫茶店のマスターと客ごっこをしたくなってしまう。「いつものね」と笑って頷く理央もいつも通りだ。あまりにもいつも通りすぎて、同衾が夢だったどころか、ゲイだとカミングアウトしたことも夢だったのかと夢想するくらいである。距離を取ってほしいから、そこは夢だと困るのだけれど。

　カップとティーバッグを取り出す理央を眺める律の視界の端に、不意に黒い影が現れた。先ほどまで床で伸びていた黒猫のタラが、軽々とカウンターに上ってきたのだ。理央マニアのこの猫は、今まで一度も律にさわらせてくれたことがない。律の方も猫に無理強いする気はないから、この一ヶ月弱をひとりと一匹はほどほどの距離感で過ごしてきていた。

しかしここにきて、黒猫タラが、デレた。

ぅなん、と甘えた声を上げ、カウンターに頬杖をついていた律の顎の下から頬へと向けて、抉《えぐ》り上げるように額をこすりつけてきたのである。

「か……かかかかわ……！」

あまりの幸福に硬直した律のパジャマの肩口へも、すりすり攻撃を仕掛けてくる理央マニアの猫タラ。一体どうしたことだろうか。とうとう律を、理央同様無害な猫好き変態と理解したためにこんなご褒美をくれているのだろうか。

やにさがった笑みでタラのしたいようにさせている律に気づいた理央が、にっこりと笑った。

「俺の匂いがするからかな？　タラが律にもやさしくしてくれてよかった」

「………ん？」

「一度そうなれば、もう律を認定したことになるから俺の匂いしなくても甘えてくれるよ」

「え？　……え？」

「こんなことなら、俺の服、律に貸してあげればよかったかなあ。そうしたらもっと早く仲良くなれてたかもね」

「え、ちょっと待って、タラがこんななってるのって」

律とタラが仲良くなって嬉しいな、と保護者のような感慨を抱いている理央にストップをかけて律は問う。

「匂い、って」

「昨夜ほら……一緒に寝ちゃったから。多分、律から俺の匂いするから」

「っま……待って……?!」

衝撃の宣告をさらりとこなした理央に対し、律は思いきりカウンターに伏せた。動きの激しさにビビったタラがカウンターを下りて逃げてゆく。しかし猫に逃げられた悲しみよりも強い動揺が律を襲っている。

「え、っあの、えっと、一緒に寝たの、夢じゃ、ない……?」

「夢じゃないよ。セミダブルでもわりとふたりで寝られるもんだね」

「えっ……ちょ……なんで理央普通なんだ……?!」

顔が大変熱く、どう考えても赤面しまくっている。カウンターから顔を上げられないまま文句を言うと「普通ってわけではないけど」と返された。

「……ほんとに?」

少しは意識してくれているかと思いカウンターに突っ伏した腕の中からそっと見上げれば、ごくごく普通の顔色の理央が「寝返り打ってなかったからかちょっと肩が凝ってるよ」などとぼやく。なんと期待を外してくる男なのだろうか。

「全然普通じゃん！　ていうか俺がカミングアウトしたのに普通すぎるっていうか」

「カミングアウト？　……ああ、ゲイだってこと」

「普通はほら、警戒までいかなくてもさわらないようにするとか」

「考えたことないな」

さらりと、本当になんのてらいもなく答えた理央に、律は内心で感激すると同時にがっくりもする。この恋心がバレないようにするためにあえて少し距離を取ってもらおうと暴露した性指向だが、ほぼなんの役にも立っていない。

いっそ笑えてきて、力が抜ける。

だが理央の方はそうでもなかったようだ。「はい、いつもの」とカウンターにレモンティーを出しながら、律をじっと見つめてきた。

「律は、タイプじゃない男にさわられたくないからカミングアウトしたの？」

「へ」

「俺がさわると嫌なのかなって」

律が肘をつくカウンターに手のひらをつき、理央が尋ねてくる。あちらは立っていて、律は腰かけているせいでいつもよりも高低差が大きい。くっきりとした凛々しい眉の下の濃いブラウンの瞳がほぼ真上から覗き込んでくる。

「チャラ男が好きって言ってたもんね。――あの、銀行員の人なんかが、律のタイプってこと？」

「銀行……松丸さん？」

唐突に出てきた名前の意味がわからず、律は首を傾げる。別に誤魔化したりしたつもりはないのだけれど、理央はすっと目を眇《すが》める。

「ゲイだから警戒しろってことは、逆にいうと俺から律に近づくのもNGって言いたいんでしょ」

「それは、その」

そうなんだけれど違う。さわられるのが嫌だから警戒させたいのではなく、好きだから、触れられたらバレてしまうから警戒させたいのだ。だが、言い淀む律をどう思ったのか理央は重ねて言う。

「俺がさわるの、律は嫌なんだ？　俺がチャラくなれば問題ないってこと？」

「えっ。それはちょっと」

「ちょっと何」

ついぞ見たことのない厳しい眼差しに律は見惚れてしまう。多分理央はちょっとばかり怒っているのだと思う。けれどその詰問《きつもん》口調が新鮮で、しかも内容は「どうして触れてはいけないのか」なんてことだから、律の恋心は萎えるどころかぎゅんぎゅん盛り上がってしまう。

——もしかして、タイプじゃないって言ったの気に病んでたのか？

それって、と勝手に視線が下がって伏し目になってしまう。顔が熱い。律が照れても仕方ないような態度を理央は取っているのだけれど、本人は気づいているのだろうか。

「チャラい理央は、やだな」

「それは、俺がどんなタイプでもさわられたくないってこと？」

「ちっ、違うって。理央にさわられるのは全然嫌じゃないし」

「……ほんと？」

律のたった一言で理央の声から険《けん》が抜ける。そんなことで喜ぶのかよ、とそう思う律の方も喜びで胸が満ちる。

本当に距離を取りたいならここでは嫌だと答えるべきなんだろう。でも、理央がまっすぐ問いかけてきたことに嘘を吐《つ》けなくて、律は口の中に隠し事をして言葉を転がす。

「理央に、さわられるのは……嫌じゃないよ。どうせお前、猫さわってるようなもんだろうし。指、やさしいから……気持ちいいし」

嫌じゃないどころか触れられることが嬉しくてたまらないのだけれど、そんなことはさすがに隠しておかないとならない。それでも告げた言葉の端にやさしいとか気持ちいいとか本音が溢れてしまう。

「よかった」

フェードアウトした律の語尾から少しして、ひどく甘い理央の声が頭上から聞こえた。律に許されたくらいでこんなふうに言うなんてと、胸がまた高鳴る。上目で見上げ、「喜ぶようなことかよ」と憎まれ口を叩く律の前髪を、理央が一摘みして離した。

――ああ失敗した……失敗した！　嫌じゃないなんて言ったらそりゃこうなる……！

頭が沸騰しっぱなしでもうどこが臨界点かわからなくなっている。

「ほんとは俺が目玉焼きでも作ろうかと思ったんだけど、律のチーズオムレツ食べたいな」

「おう……作る」

ついさっきまでの厳しい顔をきれいに払拭して、にこにことリクエストしてくる理央へ、できるだけクールな振る舞いで律はスツールから立ち上がった。スツールの背もたれにかけてあったエプロンをスタイリッシュに着けてキッチンの理央とすれ違い入れ替わる。

ピザチーズでもいいけれど今朝はカマンベールを使ってしまおうと、頭を切り替えてオムレツのチーズを何にするか考え始める律へ、理央の「口尖ってたよ」という笑い含みの声が聞こえた。

「て、照れてないから！」

どう考えても自分の方が翻弄されてるのおかしいだろ、と二歳近い年の差を思い律は盛大に拗ねながら調理に向かった。

10

思いがけず理央が何を考えているのかわかってしまった。もしやわらび大明神様《だいみょうじんさま》に相談したおかげだろうか。

そんなくだらない思いと共に、いつも通りといえばいつも通りに祝日後の二日を過ごし、律は平穏に週末を迎えた。カミングアウト前となんら変わらないという意味でのいつも通りだ。

――俺のカミングアウトの意味よ……。

暴露直前、スーパーからの帰り道で、きっと絶妙な距離を取ってくれるに違いないと確信したのに、案に相違して理央はまったく変わっていない。

いや、むしろ律から「さわられるのは嫌じゃない」という言葉を引き出した水曜以降、前より近づいてきている気がする。

今だって、『特捜部P』のシリーズ三作目を一緒に鑑賞しているわけだが、律はソファ前の床に直座りして理央はソファ上にいる。問題はその位置だ。なぜかソファの座面に寄りかかった律の両側に、理央の長い脚が生えている。ソファに座る理央が、自身の脚の間に律を抱え込む形となっているのだ。

――付き合っていない……付き合っていない……はず……。

もしかして自分が記憶喪失なだけで、実は自分と理央はすでにお付き合いをしているのでは？　なんてことを律が本気で考察しても仕方ないくらいに理央の距離は近い。あまりに近すぎて、恋心がバレるとかバレないとかそんな心配をする自分が馬鹿なのではという気にもなってきた。何しろ理央は、ときめいたり恥ずか死しそうになったりしている律の顔を見て「照れてる」としか思っていないようなのだ。

やはり恋愛経験値ゼロの男ゆえだからなのだろうか。秘書さんに問い質したい。お宅の会社の跡取り息子どうなってるんですか、と。

だが理央が根っこからそんな朴念仁ならば、それはそれでいいような気もしてきた。恋がバレなければ婚約破棄されることもないし、春が来て決算報告上婚約が必要なくなったとしても同居が解消されることもない。好きな相手といちゃいちゃしながら――律からしたらセックスしてないだけで付き合っているようなものだ、こんな甘々な生活――暮らしていける。付き合わないなら浮気もないし喧嘩もない。恋愛嫌いの理央は他の誰かと結婚することもない。

――なーんだ。すごいいい生活じゃんこれ。

そりゃあ秘書さんに「ノロケを聞かされている気分」と言われるわけだ。

気持ちがほぐれきった律は、自分の両脇にある理央の膝の上に両腕をかけもたれかかった。肘置きというにはちょっと位置が高すぎるきらいはあるが、こんな甘え方をしてもどうせ理央は人型の猫に懐かれた、くらいの感慨しか抱かないのだから大丈夫だ。適当な建前はどちらかというと律のためにある。

「どうしたの律、酔った？」

ふわふわ柔らかい低音が尋ねてくるのと同時に、大きな手のひらがわしゃ、と律の頭を撫でた。やさしく髪を梳かれて気持ちよくなって、顔を仰向けると自分を見下ろしてくる背後の理央と目が合う。

ああ、やばい、好き。

そんな気持ちは自分の中だけで循環し、理央にはどうやら届いていない。

「このくらいで酔うわけないだろ」

下から見る理央ってかっこいいなあと、うっとりしながら笑ってやると、朴念仁の男前は「ものすごい酔っ払いに見えるけど」と甘く目を細めた。


――こんな日々を過ごしては堕落《だらく》してしまいそうです、猫様。

我ながら馬鹿なことを言っている、と思いつつ、すでに堕落というか陥落しているだろうというツッコミを律は自分で入れる。

先週は自身のカミングアウトにより理央と一定の距離ができるかと思いきや、逆にえらいこと近づいてしまった。なのに危惧していた恋バレもなさそうで、そのことに安心して緩んでいる自覚がある。

――でもなあ。好きな相手がやさしくしてくれたらなあ。堕落もしちゃうよなあ。

自覚しても出てくるのは結局蕩けた自己弁護しかない。

本日、日曜朝の朝食は、ベーコンソテー、目玉焼きとレタスサラダ、納豆に味噌汁に白いご飯を用意した。やはり朝は米だよな、と休日の食卓に満足しながら律は目玉焼きに塩とコショウを振って、白身から食べ始めた。理央は今日は醬油の気分のようだ。

そういえば一緒に暮らし始めて最初の朝食は月曜日だった。その時も朝食は目玉焼きで、律はなんの気なしにテーブルには塩コショウと醬油を調味料として出した。実家では醬油派の父と、塩コショウ派の律と母だったのでそれで事足りたのだ。

しかしその時の理央は「今日はソースの気分だなあ。ウスターソースあるかな？」と冷蔵庫へと向かったのである。律の受けた衝撃は自分でも計り知れないものだった。

「え……ソース……目玉焼きにソース……？　ウスターソース……？」

「あ、食べたことない？　スパイシーでいいよ。個人的にはソースのときの黄身は固焼きがお勧め」

「あ、合うんだ……」

マジで、と呆然と呟きつつ律は立ち上がった。卵は買ったばかりだからまだたくさんある。ウスターソースを取り出した理央の脇をすり抜けて卵をふたつ取り出す律を、頭ひとつ分近く高い位置から、理央が面白そうに見下ろしている。

「どうしたの？」

「固焼きが合うんだろ？　今日の黄身、半熟だからちょっと待ってろ」

「固いのも作ってくれるの?!」

「ホントに合うのか試さずにはいられない」

食への探求心といえば聞こえがいいが、単にどんなものか知りたかっただけだ。転居して最初の出勤日ということもあって早めに起きたから、時間的余裕もあった。

「すぐ焼けるから、向こうで待ってろよ」

割り入れた卵が、白身の縁から白く固まってゆくのを見ながら理央を席に戻そうとした。キッチンは大変広いが、でかい男は邪魔といえば邪魔だ。しかし理央は斜め後ろ辺りから動こうとせず、のんびりとした口調で「律っていいねえ」と天気を褒めるような調子で言った。思わず笑ってしまった。

「なんだよ、そんなにソースで食いたかったのか」

「んん、そうじゃなくてさ。目玉焼きに何かけるかって、結構好き嫌いあるじゃない。俺、修学旅行の時に朝のビュッフェで取ってきた目玉焼きにケチャップかけたらすごい嫌がられたことあって」

「ケチャップかあ。かけたことないけど、嫌がるようなもんじゃないだろ。目玉焼きハンバーグとかクラブハウスサンドとか卵とケチャのコンボじゃん」

「そういえばそうだね。ほんと律っていいな。いい奴とかいい人とかって感じじゃなくてなんか……いいなあ」

「……何言ってんだよ。もうすぐできるぞ」

軽くいなすような言葉を吐きつつも自分の口が尖っていた覚えがある。

その後、焼き上がった目玉焼きにウスターソースをかけてみたところ、理央の言う通りスパイシーさと濃厚さが硬い黄身に染み込んで美味だった。他にも理央は、その日の気分で塩コショウ醤油にケチャップ、果ては七味入りマヨネーズへと変更するという。以来面白がって、律も基本は塩コショウながら、目玉焼きには色々かける生活をするようになった。

あれからもうひと月経つのかと、律は箸を進める。ふと思いつき、黄身にケチャップをつけベーコンでくるんで食べると、その様子を眺めていた理央が目を細めた。

「律のそういうところ、すごくいいよね」

誉め称えるほどのことでもないと思うが、多分理央もひと月前の朝のやりとりを思い出したのだろう。自分ばかりが理央とのあれこれを覚えているわけじゃないと実感する。たかがそんなことさえ嬉しくて、また今日も理央への恋の深みに陥落する休日を律は始めることになった。

——本当に、この生活は、ヤバい。

§　§

ここ最近、母からの横やりがまったく入ってこない。いいことなのに、何か水面下でおかしな計画をしていないだろうなと、理央は少しばかり疑心暗鬼になっている。

何しろ父すらも何も聞いてこないのだ。あんなにも理央に「恋はいいものだ」「恋をするなら早いうちがいい。人生は楽しいと思える期間が長くなる」などと恋愛脳の学生ですら言わないようなことを言っていた人間が、許婚との顔合わせについてここまで静かにしていられるものだろうか。

——よっぽど「嫌な姑」ってのが響いたのかな？

面白さ優先で生きている母に対する信用はほとんどないが、もしかすると本気で父親を抑えてくれているのかもしれない。

いつまで続くかわからないけれど、できれば一生そうしてほしいものだ。律とずっと暮らし続けるには父母の関与がない方がいいのである。

それにしても、毎日こんなに楽しくていいのだろうか。ちょこちょこ残業があったり、父が頼りにしている秘書室長との会食が間近に迫っていたりと気にかかることはそこそこあるのに、家に帰ると気苦労も何もすべて吹っ飛んでしまう。

今までは月曜の夜なんて「また一週間が始まってしまった」と、仕事自体は好きでも多少げんなりしていたというのに、今日も楽しげに猫じゃらしを振る律と、それにじゃれるゼンに癒されている。

勿論理央の傍らの床にはタラが落ちていて、その腹を揉んでいる。

「わらびもタラも二歳越えるとそこまでおもちゃに反応しなかったんだけどなあ」

三匹の年齢はわらびが最長老で八歳、タラが四歳、ゼンが二歳。年長二匹は律がおもちゃを振ってもスルーしがちだが、ゼンはいつも一直線におもちゃに飛び掛かっている。

「ほんと、相手してくれるの超楽しい」

律が手にしているのはなんの変哲もない猫じゃらしだ。だがその名に違わぬ魅力があるのか、床を撫でるように振るだけで半ば狂気のような勢いのゼンが迫ってくる代物だ。ぺし、ぺし、と猫じゃらしが通り過ぎた床を叩くのが楽しいらしく、律はけらけらと笑っている。

——かわいいなあ。

最近、昔以上に浮かぶようになったその気持ちは、多分眼差しどころか顔全体から溢れているはずだ。ちらりと目が合う律が笑っている。

やがて律は、猫じゃらしを左右の手に持ち替えて自分を中心にして円を描き始めた。猫じゃらしを追いかけるゼンが、律の周りをくるくる周回する。しかし最初は律儀に円を描いて猫じゃらしを追っていたゼンが、だんだんショートカットを覚えて律の膝を通っておもちゃを捕まえようとしだした。

ああ、このパターンはアレだ、そろそろ止めた方がいいかな、と理央が口を出すより早く——ゼンは平面ではなく立体で、律の持つ猫じゃらしを追いかけた。具体的には、律の背中を登って正面の猫じゃらしに飛びついたのである。

「わっ、ちょっ、いてっ」

一瞬の出来事だった。律が放り出した猫じゃらしに、ゼンがじゃれつく。

「あー、やられたね」

一声遅かったかと理央は苦笑する。

「後ろ肢の爪はあんまり切ってないから血が出てるかも。消毒しておいた方がいいよ。薬箱持ってくるから、律は上脱いでおいて」

「……え」

猫の爪痕が深かったら消毒する。これは理央としては普通のことだったのだけれど、律は驚いたように、立ち上がった理央を見上げてきた。

「みんな家猫だし平気とは思うけど、猫ひっかき病とかあるからね。ちゃんと見せて」

「いや、大丈夫だって」

「大したことにはならないけど化膿《かのう》するよ？」

さして腫《は》れたりはしないが消毒しないでいると結構じくじくと痛む。経験に基づく脅しを入れながら納戸から救急箱を持ってくると、律は恥ずかしげにスウェットを脱いだ。

思っていたよりもずっと白い背中が現れて、理央はなぜだか息を呑む。着やせするのか、華奢《きやしゃ》だと思っていた肩や肩甲骨辺りにちゃんと筋肉がついているのをじっくり眺めてしまう。なぜかドキドキと心臓の鼓動が上がってくる。これは、律がゲイであることと関係しているのだろうか。

――いやそれ関係、ないよね……？

律がゲイだからといって、自分が動悸《どうき》息切れすることは関係ないと思う。

「どうだ？　血ぃ出てる？」

律の呼びかけに、理央はハッとなった。猫の爪痕を消毒するだけなのに、何を考えているのだろう。

「す、少し出てる。結構深そうだから化膿止めも塗っとくよ」

「おー、ありがと。いやー猫すごいな。ゼン、五キロくらいあるって言ってたじゃん。米袋が背中蹴飛ばしたらもっとすごい怪我しそうなのに、猫だとちょっと血出るくらいなんだな」

「米袋」

いきなり話題に放り込まれた無機物に、思わず理央は噴き出した。米袋に足が生えて背中をよじ登ってきたらそりゃあ痛かろう。

律のこういうところ、本当に油断ならない。最前までドキドキしていた心臓が、気にならなくなった。あの妙な気持ちのままだったら、化膿止めを塗る指先にその「妙な何か」が零れてしまいそうだったのだ。

「……あれ？　この傷痕、何？」

背中に三ヶ所、肩に一ヶ所治療を施し、薬箱を閉めたあと、理央は気づいた。スウェットを着ようとする律の肩甲骨の下、筋状に数センチ白く盛り上がったところをなぞった。

びくんと身体を跳ねさせる律に、理央の心臓も跳ねる。米袋発言で落ち着いた胸がまたもざわざわし始めてしまう。思わず背を正し、平静を保とうと尽力する。

「あ、まっすぐな三センチくらいのやつ？」

「……うん」

「それは、小学生の時に海で転んで、落ちてたガラスで切ったやつ」

「何それ危な。痛かったでしょ」

「それがあんまり覚えてないいんだよな。縫う時の方が怖かった」

「俺、手術したことないから聞いただけで怖いよ」

少しは普通の声が出ていただろうか。律が「嫌そうすぎる」と笑っているから、おかしな態度にはなっていないらしい。

しかし、どうやってこの流れを断ち切ればいいのだろう。傷痕に気づかなければ、治療終了で律が服を着て済んでいたのに、自分から傷について尋ねておいて「もう服を着ていい」なんて言うのもおかしい気がする。

悩みつつ眺める律の背中に、ほくろを見つけ、またも理央は後先考えず「ここにはほくろがある」となぞってしまった。

指先になめらかな律の皮膚の感触。自画自賛の反対語ってなんだっけ、とがっくりする。

反省する理央とは反対に、律はなんでもないように「ほくろはわかんないな」と呟いている。そりゃあそうだ。誰が「お前の背中のことここにほくろがあるぞ」なんて言うというのか。プールに行ったって、友人の背中のほくろなど気に留めたりしない。

――ってことは、今俺はものすごく変態ぽいことをしているのでは……？

口では「自分の背中のほくろなんてわからないよね」などと平静を装い会話を続けるものの、理央は自身の変態性に愕然としている。

しかし、何を考えているのかわからないことを、律までもが言い始めた。

「理央の背中も見せろ」

「え」

「人の背中ばっか見てずるいだろ。俺も理央の背中のほくろ探してやる」

「ずるいの、それって」

まさか友人とは普通にする遊びなのだろうか。変態みたいだと落ち込まなくてもいいのか？　疑問に思う心とは別に、理央は素直に長袖Tシャツを脱いだ。

ちなみに、脱げ脱げと煽《あお》ったくせ、いざ理央が上半身裸になると律は「寒くないか」「背中向けろ」「ふたつあった、服着ろ」と大変てきぱきと指示を出してきた。

まあおかげで理央は、律にごく自然に服を着てもらうことができたし、自分の背中の右肩甲骨にふたつのほくろがあることがわかった。

11

職場までの時間は律の方が少しばかりかかるけれど、理央の方が始業が早いために律より三十分ばかり早く家を出てゆく。そのため、朝の食事の片付けは最近律がやる場合も多い。とはいえ大体ワンプレートで済むようにしているから、理央がすまながるほどの手間ではない。

なんとなく玄関先まで見送りに出るのも、いつのまにかできていた習慣だ。

「今日は理央、早いんだっけ？」

「水曜だからね、一応早帰り推奨だし。先週は遅い日も多かったから七時には帰れるようにするよ」

「そっか。実家が日本酒くれたけど、少し飲む？　週末まで待ってもいいんだけど、西京焼き漬けたやつもくれたからさ。お前好きだろ」

「それは、飲むしかないね。浸かりすぎると身が硬くなるからね」

漬けて日が経ったものも味が濃くて酒の肴《さかな》としてはいいんだけれど、と漬け魚好きの理央がキリリとした顔で語り出す。食べ物の趣味が似ているというのは本当に楽だし、食事の時間が楽しい。ふと思いついたことが、口から滑り出た。

「ああ、楽と楽しいって同じ字なんだな」

「どうしたの、急に」

「いや、理央と飯食うの楽しいし気楽で好きだなって」

気軽に好きだなんて言葉を使ってしまい、自分でドキリとするが、理央はなんとも思わなかったようだ。「ほんとだ、同じ字だ」と素直に喜んでいる。

「俺も律といると楽しいから、律もそう思ってるなら嬉しい」

「お……おう」

きらきらとまっすぐな瞳を向けられ、瞬時に律は伏し目になって視線を逸らしてしまう。これが照れ顔と思われていることはわかっているけれど脊髄反射《せきずいはんしゃ》かと思うスピードで反応してしまうのだからいかんともしがたい。案の定「照れた」と思ったのだろう理央がくすくす笑っている。

「もう、笑ってないで早く行け、遅刻して残業になったら酒なしだからな」

ぺし、と背をはたくと、理央は笑ったまま「いってきます」と挨拶をして出ていった。

玄関扉が閉まった後しばし微笑んでいた律だったが、理央の言葉を反芻《はんすう》すると、その場に音もなく崩れ落ちた。ふかふかの玄関マットに土下座寝猫のように丸まって呻く。

——もう、なんで口説いてくる……!!

一緒にいて楽しい、だけでも充分なのに、あろうことか「律が楽しいと自分も嬉しい」などと言いやがった。

付き合っていない。付き合っていないのに、甘くて楽しくて好きで仕方なくなって、地獄だか天国だかわからない日々が過ぎていく。辛いのに辛くなくて困り果て、ああもう、とまた呻いた律の丸くなった背中に、ゼンが飛び乗ってきて座り込んだ。

自分の上で落ち着いてしまった猫を落とすに落とせず、土下座状態の足が痺《しび》れるまで律は丸くなり続けた。


「律、明日の昼飯、あの男前が来るだろ。好物とかダメなものとかねえのか教えとけ」

仕込みを終えて手が空いたのか、月末処理をこなす律の元へ父親が顔を見せた。

「男前じゃなくてりお……じゃなくて、まさちか、な。あいつホントなんでも食べるからなあ。あ、アワビは好きって言ってたけど食べさせたことないから、いいのがあったら出してやって」

「アワビな……って、貝じゃねえか。どうするかな」

なぜだか文句を言って、他には好物はないのかなどと尋ねてくる。

「理央の好み気にしてくれんのはいいけど、ビジネス会食なんだから相手の好き嫌いも気にしてよ」

「そんなこたぁもう理央くんに聞いてあらぁ」

「そうなんだ？　何が好きなんだって？」

「お造りは貝抜きがいい、あと煮魚なら甘めが好きってことだったな。うちの煮つけは元々甘めだからご満足いただけるってもんだ。しかし理央くんだけにアワビ出すわけにもいかねえしな……他に何かねえのか」

「うーん……俺が食べさせられないものってなると……あ、ふぐ」

「ああ、時期的にもいいな。そうしよう」

「なんか親父、理央のこと気に入ってるよな」

まあ、わからなくもない。見た目凛々しく、語り口は爽やか、食事の所作は美しい、と理央は同性にも好かれる要素が満載だ。

「理央くんは——そうだな、気に入ってるな。だから楽しんでってもらいたいんだよ」

「素直じゃん」

「自分にできないことをやる人間のことは俺ぁいつも尊敬してるぜ」

父の興味の大半は料理にある。理央にできて父にできないような調理法などあっただろうかと律が首をひねっているうちに、べらんめえな父親は「ふぐのことは理央くんには内緒にしとけよ」と背を向けた。


理央と酒を酌み交わすのはもう何度目になるだろう。律も弱い方ではないが、理央は本当に強い。とはいえ今日は西京焼きを肴にクイクイ盃を傾けたせいで、さすがの理央も瞳がとろんと潤《うる》んでいる。

「明日も仕事なのに、飲みすぎたかな……」

「律はもう眠そうだね」

「お前ほど強くないんだよ」

背もたれに身を預け、律は隣に腰かける理央の方へと首を回した。律にしては珍しくソファに座っているものの、酒のせいで地球の重力がきつく感じる身体はもうぐだぐだだ。座っているというよりは溶けてへばりついているといった方が近い。これ以上傾ぐと理央にまた膝枕されてしまう危険性があるからどうにかこらえているだけだ。

しかし傍らの猫の腹を撫でながらボケっとしていると、次第に理央の引力に引かれてしまう。

なにか話題を、と回らない頭を巡らせた。

「あ、そういえば理央、明日うちの店来るだろ。ビジネスで人と食事するときってどのくらい仕事の話するのかなーって思ったりして」

「人によるかな。料理を味わいたいからって仕事の話すると嫌がる人もいるよ。逆に料理が口に合うと饒舌《じょうぜつ》になって仕事の話がまとまる人とか」

「へええ。どっちも料理人としては嬉しいかも」

「明日会う人は前者かな。——ちょっと苦手……違うな、やりにくい人だから、律の実家で会えるのは心強いよ」

「ん？　身内的な人って言ってなかったっけ？　やりにくいのか」

「うーん。やりにくいね。父の大学時代の先輩なんだけど、役職的には父親の部下なんだよね。新規出店の地域調査を一任するんで、景気づけに美味しいご飯を食べてもらおうってことで、俺がお相手することになって」

「へえ。調査部みたいなのがあんの？」

「ううん、秘書室の室長さん。不動産系も法律系も詳しいからすごく頼りになるんだけど」

「し」

しっちょう。思わず心の中で反芻した。そういえば父が、明日の会食相手の好き嫌いについて「甘めの煮魚が好み」と言っていた。秘書さんは、ブリ大根の味付けは甘めがいいと言っていた。ということは理央の明日のお相手はあの、ウインクが上手なロマンスグレーの紳士確定なのか。まさか本当に秘書室長だったのか。

「へ、へええ。秘書室長。やっぱり社長の信頼が厚いんでしょうなあ」

「なあに、その喋り方。まあ、信頼は厚いね。母さんも小さいけどエステ事業してて、そのことでも頼りにしてるし」

「あ、お母さんとも仲良しなんだ？　そ、それなら俺のことも知ってる、のかな？」

平静を保ったふりで話を向ける。ううん、と理央は軽く首を傾げたあとで「知らないと思うけどなあ」と呟いた。

「知られたらうるさいから父さんには絶対黙っててって母さんに口止めしたし、室長にも何も伝わってないはずだよ。あんまり信じてなかったけど父さんから何も言ってこないところを見ると、本気で防波堤になってるのかも……嫌な姑にならないように頑張れって言っただけなんだけど」

少し見直した、と何も知らない理央は母親を褒めている。

いや全然あなたのお母さん頑張ってませんよ、どうやら情報駄々漏れですよ、と内心で突っ込むも、それは内緒にしておこう。理央父から探りが入っていたことはやはり知られたくない。

——もう、探られたから婚約破棄、なんてことは理央も思わないだろうけど。

秘書さんとどんな話をしたのか知りたがられても困る。

瞬間固まった律には気づかなかったのか、理央は秘書室長の人となりについて話を続けた。

「俺が小さい時からうちに遊びに来たりしてて、俺からすると親戚のおじさんくらいの位置の人でね。おかげで人の顔を見れば結婚を急かしてくるから、そういう意味でやりにくいんだよね」

「あ、はは、いるいる、結婚と孫の顔見せろのセット攻撃してくる人。うん、いるいる」

秘書さんはやはり理央には女性を、と思っているのかなと、少ししょんぼりした気分もあいまって、必要以上に律は何度も頷いた。しかし秘書さんの言う「結婚しろ」は孫がどうのの問題ではないらしい。物真似でもするかのようにぴんと背を伸ばして理央が言う。

「品のいい紳士なんだよね。背をスッと正して必ず言うんだよ――『親がいなくなった時、理央くんを愛する人が誰もいないという状況になることが僕は悲しいんですよ』って」

「うあ……品がいい……そして辛い……」

下手な孫見せろ攻撃よりも攻撃力が高い。そしてそれは、律が何回か遭遇したあの紳士も大変言いそうなことだ。

しかし明日はふたり、何を話すのだろう。仕事絡みの労いのための会食だとしても、少しは許婚の――律の話が出るのではないだろうか。律と何度か接触した話をするのか、それともあくまで理央父のお庭番として、何食わぬ顔で食事をするのだろうか。

ふと、もしその場に自分が居合わせたら「俺が理央を愛してるのでご心配なく」と宣言できるのに、などとくだらないことを考え、律は反省する。コイバナが好きそうだった秘書さんは喜ぶかもしれないが、理央には婚約を破棄されてしまいそうだ。

「律は？　結婚勧めてくる人とかいないの？　跡継ぎでしょ」

秘書さんの動向を気にしている律へ、ソファにもたれかかり直した理央が尋ねてくる。物真似で下手にピシッとしたせいか、反動でさっきよりくんにゃり感が増しているのが可笑しい。おかげで律も気が抜けた。

「ああ、俺は親父に早々にゲイだって言ってあるからさ。店の跡継ぎはたしかに俺だけど、店の味は副板長が継ぐし」

「そのあとは？」

「あと？」

「律が経営から引く時は、誰が継ぐのかなと思って」

「えー？」

そんな先の話は考えたこともない。だが、そうだ、とさもいい考えを思いついた気になって律はいまいち怪しい呂律《ろれつ》でへらへら笑った。

「理央と結婚して養子取って、そいつに継がせよう。あ、理央の会社もそうしろよ」

なんて。

シラフだったら絶対言わない。ただあまりに絵空事すぎるのはたしかだし、自身の恋心から出た妄言というよりは酔っぱらいの戯言でしかないから、普段発動する照れは現れなかった。理央もこういうバカ話が案外好きだから、きっと「それはアリ」と乗っかってくれるはず。と思ったのだけれど。

「律はそういうことさらっと言うから、困る」

背もたれに頭を預けて蕩けている律の横、理央もまた同じように頭をもたせかけて、こちらへと顔を傾けた。

ほど近い距離で見つめ合い、思わず何度も瞬きしてしまう。心臓が酒以外の何かの仕業で鼓動を強く速くする。

「困ることは、ないだろ」

「このまま婚約してたら本当に結婚することになるのかなって、想像させてくるから困る」

「ああ……結婚したくないいんだもんな」

なんだそんなことかと、昂揚《こうよう》していた気持ちがふしゅんとしぼむ。ドキドキを返してほしい。だが、理央は一瞬萎えさせた詫《わ》びだとばかりに次なる言葉を紡いだ。

「律なら、してもいいなと思えるから困ってる」

「へ……」

驚いているのに、酔っているおかげでそうは見えていないだろうから少し助かる。赤面した顔も酒のせいにできる。

――それって俺のこと好きって言ってるみたいに聞こえるんだけど……！

誤解だろうか。誤解じゃないと思うが、理央の思考回路は解読が難しい。でも、好かれている気が、たしかにするのだけれど。

お互いソファに頭を乗せて向き合っているから顔が近い。見つめ合うと、相手の瞳の色までよくわかる。理央の瞳は濃い焦げ茶。ビターチョコレート色のくせにひどく甘い。

じっと見るのは宣戦布告だ。猫ならば。目を逸らしたりゆっくり閉じたり、敵意のないことを表さないとならない。

だから律はそっと目を伏せた。

また、照れていると思われるだろうか。そんなことを埒もなく考えると口がへの字に引き結ばれるのがわかる。それを覗き込もうとするかのように、理央の顔がよりいっそう近づいてきた。互いの前髪が触れるまで。

――あ。

完全に閉ざされてはいない視界が、理央の顔でほぼ埋まる。近すぎて見えない距離の理央の唇と、自分の唇が触れ合った。

キスされた。――した。

押しつけられて離れてゆくそれは、いやらしい感覚を励起《れいき》させることは一切なくて、ただ呆然とするしかないくらいに強いときめきに襲われていた。

理央は何を考えているのか。わかるはずがない。表情がわかる程度に離れたところまで下がった理央もまた、呆然とした顔をしているのだ。きっと自分で何をしたかわかっていない。

互いにただ無言で見つめ合う中、ほぼ同時にゆっくりと瞬きを繰り返した。正気が戻ってきそうで、瞳の中にどんな感情が映っているのか見える前に、律はそっと視線を落とした。

「……酔ったな、ちょっと」

「……そう、かも」

律の、囁きに近い小さな呟きに理央は頷いた。

それからどういう会話をしてどういう経緯で自室に引っ込むまでを過ごしたのか定かではない。多分、本当に酔ってしまって記憶が怪しいのだ。まあ、酒ではなくて理央にキスされたという事実に酔わされた、というのが正しい。

――明口、うちで昼飯食うんだよな……。

昼の営業を拒む父親に、理央ならばヨシと許可を得た男がやってくる。となると絶対、理央の見送りには律も駆り出されることだろう。

その時一体どんな顔をしていればいいんだろうと悩み、それ以前の問題だと気がついた。

毎朝一緒に朝食をとっているのだから、顔なんてその時見るのだ。


結果からいうと、ごくごく普通の朝だった。

普通に朝のニュースを眺め、普通に朝食をとり、普通に本日の行動予定を通知する。

「じゃ、いってきます。お店、十二時頃に行くから」

「お、おう、父親がふぐ用意してるって言ってたから楽しみにしててくれよ」

「ふぐ？　それは嬉しいな。じゃあ、向こうで会うかもしれないけど。いってきます」

「いってら」

玄関で見送ったあとで、父親に「ふぐのことは内緒」と言い含められていたのを思い出すが後の祭りだ。静かに混乱していたための凡ミスだが、父の「サプライズ作戦」が潰れただけだからまあ問題ないだろう。

それよりも理央の態度である。何ゆえそれほど普通なのですか？　我が許婚よ、と畏まって問い質したくなってくる。寝入る前のベッドでの悶々とした物思いタイムは相変わらず無駄だったわけだ。

――まあねー。わかってましたけど。

理央の出勤後、脱水が終わった洗濯物を乾燥機に移しながら、律はフフフと温く笑う。この分なら実家料亭で理央と遭遇してもまったく問題ない。

考えてみれば自分はキスされた側であって仕掛けた側ではないのだから、果たすべき説明責任などないのだ。どう考えてもあれは理央から近づいてきて理央からしたことなのだから、恋心の有無や行動に至った心理的経緯など表明しなくてはならないのはあちらである。

普通ならね。キッスといえば好意を表す行為なんですけどね——なんて「ジブン、ワルクナイ」思考を仕事場でも引きずり続けていたら、会食を終えた理央たちの見送りのため父親にうっかり引っ張り出されそうになった。

——忘れてた、ダメだ行っちゃ。

衝撃のキスのおかげですっかり頭からすっぽ抜けていたが、秘書さんが同行しているのだ。

一応、見ず知らずの人としてお話ししている建前があるので、身元がバッチリわかる実家で、さらに理央の同居人という形では会いたくない。お互い話す時にぼやかしていた「知り合いの息子さん」と「律の同居人」がどちらも理央を指すと白昼堂々判明してしまったら、その欺瞞は解消せざるをえなくなる。

「えっと、親父、俺ちょっとお腹痛いんで。理央によろしく」

「あ、こら」

腹痛ぐらい我慢しろとひどいことを言う父を置いて、律は従業員用トイレへと籠りに行った。

十分も経てば帰っているだろうという思惑通り、出ていくと理央と秘書さんは料亭神楽の従業員に見送られて帰ったあとだった。

ホッと一息ついたのも束の間、ひとしきり律に小言を言った父親が、ふっと微笑んでとんでもないことを言った。

「なあ律。ランチ営業、やってみようと思うんだがよ」

なんて。へ、と間抜けな相槌しか打てなくても仕方あるまい。

頑としてランチ営業を拒んでいた父を知っている身としては、これは爆弾発言だ。そもそも父がランチ営業を承諾していたら理央との婚約自体がなかったのを、この父は知らない。

「どうしたの親父……あ、まさかこの前の人間ドッグで変なとこが」

「ねえよ、ばかやろう。ランチっつっても誰もかれもは入れねえぞ。まあ、数量限定の会席を用意して振りの客はそっちのみ、ってんなら了承してもいいが」

「一見もＯＫって、ほんとに何、豆腐の角に頭でもぶつけたの」

「そりゃあくそ真面目がおっちぬときの死因だろうが、失礼な野郎だな。——同性婚でも堂々としている理央くんの様子を見てたらよ、まあ新しいことすんのも悪くねえっていうか、人に受け入れられるとかられないとか考えねえで一歩踏み出すのも重要だと思ったっていうかな。尊敬してるって言ったろ。俺も……怖がってばかりもいられねえかって思ってよ」

「お……親父に怖いものがあるの?!　なに、何かが怖くてランチ営業を渋ってたってこと?」

ぐいと詰め寄る律に、決まり悪そうに荒くため息をついた父親は、「アレだよ」と呟いた。

「ぐるログとか食べナビとかあんだろ。もしよ、あれのレビューに『味はいいけどコスパ悪い』とか『あの値段であれならチェーンで充分』とか『鰹節《かつおぶし》を上げるのが三秒ほど遅かったのか雑味が出ていました』とか……そんなこと書かれた日にゃあな、俺の繊細な心臓が止まっちまうだろうがよ」

「待って……俺が融資のために必要なんだって頼み込んでた時、あんなに頑なに嫌がってたのは」

「一見でランチなんて軽めの客受け入れたらレビューが怖いに決まってんだろ」

ひょいと顔を背け、拗ねたように口を尖らせるアラフィフ。それは理央の言う律の「照れ顔」とまったく同じ要素だ。こんなところで自分のＤＮＡを目の当たりにするとはと、律は天を仰ぎ嘆く。

「バカ……もうほんと親父はバカ……！　母さんとこんなにお似合いな夫婦ないよ！」

「何言ってんだこの野郎、照れるだろうが」

「褒めてないから！」

理央からの評価は、「とてもダンディでかっこいいお父さん」だが、理央は余所行きの顔をした父しか知らないから採点が甘いのだ。こんなのただの、母のことが大好きなだけのおっさんだ。

「さて、賄い食ったら夜の仕込みもしねえとな」

ランチ営業計画という爆弾を落とした父は、「お前と理央くんもお似合いになれよ」ととてつもなくどうでもいい捨て台詞を残して厨房へと引っ込んでいった。

§　§

あれは、間違いなくキスだった。人生で初めての。

それだけはわかるのに、あのあとからもうずっと理央の頭の中は視界ゼロの水底を歩いているようにはっきりしない。

凪《な》いだ透明な湖がこれまでの人生における理央の感情だったとして、あのキスはそこへドボンと特大の岩を投げ入れたようなものだ。巻き上がった砂で濁り見通しのきかなくなった水のように、頭の中は狼狽《ろうばい》と歓喜と後悔で満ち満ちている。

律に触れた。

もうずっと、そのことだけが頭を占めて離れない。夜も眠れていたのか定かではなく、様々な感情が入り交じったぼんやりした頭のまま起きた。

朝の律はなんというか——大変いつも通りで、何も考えられなかった理央もそれに倣った。感情と思考と行動がまるっきりリンクしないままそれぞれが稼働していたから、表面上は理央も普通に過ごしているように見えただろう。

そんな状態のまま、ちょっとやりにくい知り合いのおじさん、秘書室長との会食となってしまった。

律の実家の料亭ではあるが、事務方の律と顔を合わせる機会はない。それはわかっていたことなのに、心の中でごちゃ混ぜになった感情がゆっくり沈殿してくるにつれ「避けられたのかも」なんて不安が姿を現してくる。朝は律だって普通だったのだから、今いきなり避けるなんてことはないだろうと理性ではわかっているのだけれど、不安というものは自分の心の産物とはいえままならないものだ。

「そういえば理央くん、圭子ちゃんが進めていた許婚プロジェクトはどうなったんです」

「えっ」

食事に舌鼓を打つ最中、室長に尋ねられ理央は背筋を伸ばした。どうせ、相変わらず独り身の予定なのかと心配される程度だと思ったので取り繕えなかった。

「ち、父から何も、聞いてませんか」

「ええ、社長からは何も聞いてないんです。だからおかしいなと思って」

「おかしい、って」

「だってあいつ——じゃなくて社長のコイバナ好きは、アレでしょう。女子高生並み」

雑な呼び方を修正して室長が笑う。女子高生並み。言い得て妙だ。頷くしかない理央に室長は「それで、相手はどんな人なんです」と、父を笑えないくらいの食いつきっぷりで言葉を促してきた。

「内緒です。父にバラす気でしょう」

「えー。僕はそんなに口軽くありませんよ」

「リスク回避です」

のらりくらりとした口調の室長の質問をどうにか躱し、気の休まらない昼食を理央は終えた。

ふたりして車で社屋に戻って別れたあと、理央はコーヒーを淹れに休憩所へ向かった。

トイレや給湯室など水回り関係が置かれた場所の奥には、外を一望できる大きな窓の休憩場所がある。本社ビルの中層階から眺める晴れた冬空は寒々しく青く、色の薄い雲がたなびいている。

舞い上がった砂がほぼ心の水底に落ちて、ようやく理央は、すべてを腑《ふ》に落とすことができる事実が胸の中に聳《そび》え立っているのに気がついた。

——俺は、律が好きなんだ。

それさえわかれば、あとはすべてが繋がる。

律をかわいいと思うのも、家に帰るのが待ち遠しいのも一緒にする食事が大変楽しいのも、モフるなと叱られるというのにさわりたい、と切に願ってしまうことも。

酔って理性が外れてキスをしたのだって、単に律が好きだったからだ。

思えばあんなに律を猫に比していたのも、自身で気づかないまま律に触れたい欲を皮膚の下に育てていたからに違いない。猫のようだと思い込めば、欲が滲みだして触れることも許される気がしていた。

わかってしまったら、もうダメだと思う。

理央は強く、猫の尻尾を模したマグカップの取っ手を握った。これは先週律が買ってきてくれた、黒猫マグカップだ。嬉しくて会社で見せびらかすように使っていたけれど、そんな気持ちも許されるものではない。

——だって、俺は律のタイプじゃないから……。

好きでもない男に好かれ、さわられ、それどころか一緒に住み続けるなんて、律には拷問以外の何物でもないのではなかろうか。

好きだと黙ったまま一緒に居続ければいいじゃないか、と理央の内なる悪魔が囁くも、善なる理央——ではなく、恋愛嫌いを自認していた自分が、「自分を好きだと隠している相手と暮らすなんてとても気持ち悪いことでは」と抉るような突っ込みを入れてくる。

「そういえば……」

食事のあと、見送りに出てきてくれた律父が言っていた。ランチ営業をする踏ん切りがついた、と。聞いた時はまだ自分の心にかかずらっていたので聞き流してしまったが、それは結構重要な要素だ。

理央にとっての律はすでに、なくてはならない人レベルになっているが、律にとってはそうでもない。必要な部分は「沓名」というネームバリューくらいだろう。沓名の坊ちゃんの婚約者、という社会的信用らしきもので営業努力項目なしに審査が受けられるようになった。その程度。

だが、律の父は銀行が求めていたランチ営業に前向きな姿勢を見せた。以前律は、婚約破棄のXデイを、融資と絡めて算出していた。ランチ営業により銀行の信頼を得られるなら、理央の存在意義は無くなったといえる。

——いや、でもランチ営業はまだ思い立ったばっかりって感じだったし……。

現段階の審査に対しては無力だ。ならばまだ理央と婚約状態にあることは、律の役に立っている。自身の存在意義を確認して安堵するも、「いや、でもダメでしょ……」と次の瞬間、理央は真顔になる。いくらお役立ち存在だとしても、理央は律を好きで衝動的にキスしてしまうような危険人物なわけで、そんな男と律が同居し続けるのはよろしくない。離れなくては律の安全は守れない。

しかし結納も交わしていないこの婚約は、銀行側からしたら「一緒に住んでるなら婚約者として認めましょう」という目こぼしのようなものだ。同居取りやめイコール婚約破棄と取られてもおかしくなく、となるとそろそろ結果が出るだろう審査が止まるか、最悪振り出しに戻る。

悩むものの、そんな懸念は婚約続行したいがためのおためごかしだろうと、潔癖な内なる自分が痛いところを突いてくる。律といたいのが理央の望みなのはたしかなのだ。

——これが恋……。

なんと千々に心乱れるものなのだろう。落胆と逡巡《しゅんじゅん》と断罪。なのに律を思えば心は簡単に浮上して幸せを感じもする。父がこれを経験せよとしつこかったのは、案外と長くフラットな感情で人生を送り続けてきた理央を案じてなのかもしれない。おかしなところで親心を想ってしまった理央である。

それにしてもどうしたものだろう。律と共に暮らし続けるのは罪悪感もあるが、融資が気になるのも本音といえば本音だ。

「……あ」

婚約については自分の問題ではあるが、融資に関しては頼れる相手がいた。律のタイプであるチャラ男なので、正直頼りたくはないのだけれど、もしかしたら自分が身を引いても律が融資を受けられる道があるかもしれない。

スマホを取り出し、理央はひと月ほど前に登録した松丸の電話番号をタップした。相談があるという内容へ、チャラくてフットワークの軽い銀行員は「じゃあ明日のお昼にでもご相談しましょう」と即座に予定を入れてくれたのだった。

12

「こんばんは。久しぶりにお会いしましたね」

いつものスーパーの前、呼び止められて律は目を瞠った。秘書さん、と呼びそうになって寸でのところで口を噤《つぐ》む。

「お、お久しぶり、です。えっと……お仕事、忙しそうですね」

「おや、わかりますか。そうなんです、色々新規で始めることがありまして」

理央から聞いた新規出店のために多忙だったということだろう。本当に秘書室長だったんだなあと、最初の自身の考察が当たっていたことにちょっと驚いている。

「新しいことって気力使いますしね」

なんて、表向きは平静にしているつもりだが、律の心の中は「秘書さん！　秘書さん聞いて！」という思いでいっぱいである。理央のキスについて誰かに愚痴りたくて仕方なかったのに、友人も捕まらず、かといって母に餌を与えるようなことは絶対したくなくて、今日一日、律は胸の中で悶々と悩みをこねくり回すしかなかったのだ。

「おや、しばらくお会いしないうちに何やら進展がありましたか？　悩み溢れるお顔をしてますねえ」

「えっ……さすがの眼力ですね……」

平常心で挨拶したつもりだったのに、と呟く律に、秘書さんは前回座ったベンチを指して、「ぜひお聞かせください」と笑い皺を深くしたのだった。

——どこから話せばいいものか。

なんて悩むも、話のとっかかりなどひとつしかない。初めて秘書さんと遭遇した時よりもうんと寒くなった季節の中、律は囁いた。

「キス、されたんですよ。昨日」

決死の思いで絞り出した声には返事がない。恥ずかしくて、秘書さんを見ずに俯いて発言したから、声が届いていなかっただろうか。

顔を上げると、ベンチの隣に座ったまま、秘書さんはぽかんと口を開けていた。よほど衝撃だったらしい。

——まあね、あの朴念仁の坊ちゃんがいきなりキッスとはね。びっくりもするでしょう、俺もした。

内心で深く頷き、律は「あのう、聞こえましたか？」と促した。ハッとしたように身体を揺らし、秘書さんは目を激しく瞬く。

「き、キス。あなたからではなく、あちらから？」

「そうなんですよ。夢じゃなければ。いや、夢じゃないんですけど、夢かもしれない疑惑を植え付けられており」

「夢だけど夢じゃなかった……？」

「いや、夢じゃないけど夢にされそう、っていう感じですね」

「ほう？」

どういうことですかね、と秘書さんが首を傾げる。そこで律は昨夜、酒を飲んでふたりしていい感じに酔っぱらってキスをされたところから今朝起きて顔を合わせたところまで、理央の様子を含め細かく語った。大変興味深く初めて話を聞くような態度の秘書さんを見るに、どうやら理央は会食の際には何も話していないようだ。

「……というわけで、あまりに平気そうな顔をしているりお、と言いかけて口の中にとどめ、「――同居人を見て、あれは夢だったのではと自分を疑いそうになったんです」と締めくくる。まあそれならそれで、何事もなかった顔で理央と暮らし続けられるのだが、多分一生「あのキスはなんだったんだよ」という思いに縛られ続けそうだ。

「ていうかね。キスって好きだからするもんですよね？　付き合う前だったとしても、告白代わりになるくらいにはその、気持ちが入ってないとしないもんですよね？」

「そうですねえ。私の若い時分はお酒の席で王様ゲームなんて余興がありましたが、それでもなければ普通は気持ちのこもった行為ですね」

「ですよね……⁈　他にも聞いてくださいよ、膝枕どころか猫と寝てるつもりになって俺の布団で寝たり、背中のほくろを数えたりされたんですよ」

「……もしやおふたりは付き合ってらっしゃる？」

「そう思いますよね⁈」

いけない、エキサイトしすぎてしまった。大きく深呼吸し、律はクールダウンを試みる。

律が落ち着くのを待ってくれた秘書さんは、なるほどと頷いた後、ひとつの考え方をくれた。

「鈍いんじゃないでしょうか、同居人様」

「……鈍い」

「致命的に。私はそういったお話が好きですからね、まあ猫のようにあなたを撫でると聞いた時点であちらの方の気持ちを察してはいたんですが、まさ——いえ同居人様は恋愛感度がマイナスに振り切ってらっしゃるようで」

この人今、同居人様じゃなくてまさちかさまって言いかけたな、と律は心の中で突っ込む。お互いちょっと弛緩しすぎかもしれないが、同じ朴念仁について語っているのだとわかるのは心強い。

「恋愛感度マイナスは言い得て妙ですね。まあ、そんな奴相手に、俺はどうすればいいのかなと悩んでました。夢だということにしてこのまま過ごすこともできなくはないと思うけど」

「それでいいんですか？　あなたはあちらの方を好きだとおっしゃってたでしょう」

「い、言いましたね」

「はっきりさせない手がありますか？　まあ、鈍い人に少し猶予をあげるとして——明日の夜くらいまでに、向こうが普段通りを崩してこないようだったら、話し合いを設けるのがいいと思いますよ」

「話し合い、ですか」

「話もしないで両想いになろうなどと図々しいですし、ましてや両片想いのままやっていこうなんて、恋愛というものに対して失礼極まりない行為だと私は思います」

強く主張する秘書さんはまるで恋愛伝道師だ。おちゃめである。

「そろそろあなたは夕飯をお作りになるんでしょう。相手の方がここを通りかかっても面倒ですし、私はそろそろ退散するとします」

立ち上がった紳士は去り際、「そうだこれを」とメッセージアプリのＩＤを渡してきた。

「私を登録するもしないも自由ですよ。どうせ私もすぐにお返事できませんので愚痴を置いておくだけでも結構ですし、使い方はお任せします」

「えっ。あ、ありがとう、ございます」

立ち上がり礼を言う律へ、いつも通りスマートに片目を閉じ秘書さんは帰っていった。

話し合いを、理央は仕掛けてくるだろうか。ドキドキしながら夕食を作っていた律に、帰宅した理央はごくごく普通の態度で接してきやがったのだった。

§　§

恋とはなんと度し難いものなのだろう。こんなことなら理由をつけて実家にでも泊まりに行けばよかった、と理央は朝っぱらから後悔していた。

自分の気持ちを認識した昨日の昼以来、律と話すだけで理央の心臓はばくばくしっぱなしなのだ。幸いあまり顔に出ないので、どうにか気持ち悪がられずに過ごせたつもりだけれど、本音をいうと律の顔がまともに見られなくて困っている。

顔を見ればかわいいと思い、かわいいと思えばさわりたくなる。こんなことでは、同居を続けたらすぐに律は自分の毒牙にかかってしまうだろう。

本当になんなのだろう、好きという気持ちは。

自覚した途端、律の髪に触れることを考えただけで身体の中がざわざわ落ち着かなくなるようになった。よくもまあ今まで平気で、それこそ路上で律をモフっていたものだ。思えば自覚前、律の背中を見て胸がざわめいたのは、そういう欲動が心の水底で蠢《うごめ》いたせいだったのだろう。

ともかく、今日の昼、融資の件については松丸に相談できる。

平常を保て、と自身を鼓舞し、理央は玄関口まで見送りに来てくれた律の頭を撫でるのを我慢して出勤した。


「好きになっちゃいけない人を好きになってしまった場合、どうすればいいんでしょう」

松丸の指定した大衆御用達《ごようたし》定食屋にて、理央は呻いた。向かい合った松丸は、どんぶり茶碗を手にしたまま「融資のお話でしたよね？」と怪訝《けげん》な様子を見せている。

「最終的にはそうなります」

「ははあ。最終的に。ところで、好きになってはいけない人が好きというのは浮気ですか？　神楽坂様はご存じなんですか？　私としましては浮気は応援できないんですが」

「浮気じゃありません。好きになっちゃいけない人というのは、律のことです」

「……は？」

まったくわからない、という顔を隠しもせず、松丸は笑顔のまま首を四十五度の角度に傾けた。

「……婚約は、フェイクなんです」

「フェイク」

復唱するどこかチャラチャラした雰囲気のある銀行員へ、母親たちの所業から律の提案までをかいつまんで話すと、相手は「ははあ」と納得したんだかなんだかわからない合いの手を入れた。

「それで、沓名様は何を悩んでらっしゃるのでしょう？」

「……俺の名前込みで審査が進んでいるんですよね？　ならば婚約破棄をしたら審査が止まるか、最悪事業計画から見直しになるのではないかと」

「婚約破棄？　なんでするんです？　神楽坂様を好きなんですよね？　結婚なさったらいいじゃないですか」

「でも……俺は律にタイプじゃないと言われてるんです。なのに一緒に暮らしていくのは心苦しいし、それに律を見ているとどうしてもさわりたい欲求が芽生えてきて、そんな劣情を抱くのは俺は生まれて初めてなのでどうにも度し難く」

「……劣情」

小さな復唱の前に、くふっと小さく噴き出された気がするがそれはとりあえず脇に置いておき、理央は話を続ける。律を好きだと、その結論に至ったくせにあのあとも考え続け、理央はひどい可能性に思い当ってしまったのだ。

「本当に、今まで経験のないことなので、もしかしたら劣情に引っ張られて律を好きだと思い込んでいるのかもしれないという恐ろしい可能性にも気づき」

「ははあ。めんどくさい人――じゃなくて、くそ真面目……じゃなく、思慮深い人ですね、沓名様は」

思慮深いという評に辿り着くまでに二回ぐらい貶《けな》された気もするが、本当のことなので腹も立たない。これがチャラ男の力なのかもしれないと思うと、律がこのタイプを好む気持ちもわからなくはない。そして自分はチャラ男には絶対になれないと確信もする。

「律は、松丸さんのようなチャラ男が好きなんです。俺はなれない……」

「ちょっ、失礼な。僕はチャラ男ではありません、きわめて明るいだけですよ！　まったく……面倒くさくて面白い人ですね」

また面倒くさいと言った。自分はどれだけなのだと思う理央の前、食べ終わった膳をテーブルの空いた場所に避けて、松丸は身を乗り出してきた。

「大変まどろっこしいので、ここからは銀行員としてではなく一知人としてお話ししますんで態度は不問でお願いします」

「え？」

理央の疑問の声に返事を寄越さないまま、松丸はビジネスの顔をきれいに引っ込め、微笑んだ。

「要は沓名さんは、契約関係でしかない神楽坂さんをエロい目で見てしまい辛い、と」

「えろ……」

「しかもそれが恋愛なのか下心なのかもはっきりしないので婚約破棄を考えていると」

「したごころ……」

「でも破棄しちゃったら気になる神楽坂さんがお金貰えなくて困っちゃうかも……どうしよう～！ってことですね？」

「あ、は、はい……？」

勢いに押され頷いてしまう。チャラいとか陽キャとかでくれない、明け透けすぎる物言いをするこんなタイプは、理央の周囲にはとんといなかったから対処がわからない。

おろおろする理央に、ふむふむと納得するように頷いたのち、お冷を飲み干した松丸は朗らかに「恋の病ですね！」と宣言した。

「しかも沓名さんはこれが初恋と見ました。そうでしょ？　となれば、今あなたを蝕《むしば》んでいる病は童貞病です」

「ど……。えっ？　病気なんですかっ？」

「未経験者ゆえの潔癖と下心が複雑に絡み合った病気です。治療には他人との性的接触が有効ですね」

「せ」

いくら声のトーンが抑えられているとはいえ、真っ昼間の定食屋でこんなにズバリな話をされると理央は困る。松丸はまったく困っていないようで、会話のアダルトさに耐えるためにテーブルの上で握った理央の拳へ手を乗せてきた。

「どうします？　俺とやってみます？　もしそれで、れ……くふっ、劣情が満足すれば、神楽坂さんを変な目で見なくなれるかもですよ。そしたら婚約続行しても後ろめたくもなく、融資も無事下りて神楽坂さんもお喜びになります」

蛇足《だそく》ですが、と松丸は流し目を送ってきた。

「沓名さんていいなって初見で思ってたんで、あなたとエッチできるなら僕もそれはそれで得します。三方一両得ってとこですかね？」

「一両得……してますか」

「沓名さんはすっきりできるし、神楽坂さんは融資を受けられるし、僕は性欲が満足しますからみんな得ですね」

あっけらかんと言い放つ松丸が、乗せていた手で理央の拳を開かせた。

びくりと肩が強張る。

律の、少しカサついて冷たい指先とは違う、すべすべしたきれいな感触が、生温い体温を伴って自分の手のひらから指の股へと寄り添ってくる。

明るい照明の下、食べ終わった食器が真横にあって、周囲はスーツ姿の善男善女で溢れているというのにここだけ夜の気配になった。こんなしっとりした雰囲気を、律にキスしたあの時も理央は感じていた。見つめ合った目をそっと伏せた律がかわいくてたまらなくて、唇を合わせてしまった。

――これは、違う。

頭より先に心がそう感じた。

自分が触れられたいのも触れたいと思うのも、劣情を催させるのも、今目の前にいる相手ではない。

思いのほかそっと絡められていた松丸の手から、自分の右手を引っこ抜く。

さんざん自分もこうして律にさわってきた。律はどんな気持ちだったろうと考えて、思いきり直球で尋ねていたことを思い出す。嫌かと聞いたら、腹の内に何も隠せないあの正直な男は、嫌じゃないと答えてくれた。どうしてか、照れた顔で。

理央を眺め、松丸は笑みを浮かべて頬杖をついた。

「とりあえず僕とはできないってのは、はっきりしましたか？」

「は、はい……」

頷く理央へ、にこにことこと食えない笑顔で、チャラい銀行員は――本当にいいのだろうかこんな態度で――親指をグッと見せつけてきた。

「グーですよ、グー。おせっかいついでですが、沓名さんは知らないかもですけど世の中には『あんたのことなんかタイプじゃないんだからね！』って言いつつ実は心の中では『大好きでどうしていいかわかんなくて変なこと言っちゃうよお～』って人がいるんです。ツンデレっていうんですけど」

「つんでれ……」

「これがまた恋愛経験値少ない人はそれ真に受けちゃって『そうか俺は好かれていないのか』なんて思いつめたりするんですよねえ。まあ僕はそういう間抜けを美味しくいただくのが性癖なんですが今回は遠慮致しますね！　めんどくさそうなので」

面倒くさいと三回も言われた。まあたしかに自分は面倒くさい人間なのだろうとは思う。自分の恋心にもずっと気づかぬままだったし。

「さて、自分の気持ちが決まったなら、まず相手と話をして認識のすり合わせからするんです。自分の要望も伝えるべきですねえ。別居しても融資を受けられるのかとかなんとか勝手に暴走するのは一番よくないです。人間、身体が繋がっててさえ相手が何を考えてるかなんてわかんないんですから、どこも繋がったことない人間はせいぜい言葉を尽くすのがいいです」

金絡みのごたごたも話し合い不足が原因だったりするんですよね、ほんとみんなもっと話し合いしてほしい、としみじみ松丸は吐いている。

そう、理央はもっと話をするべきだった。少なくともあのキスのあと、自分がどうしてそんなことをしたのかもっとちゃんと考え、想いを明確な言葉にして、きちんと律自身に差し出すべきだった。

「あっ、僕はチャラくないですって神楽坂さんに言っといてくださいね！」

礼を言い、自分の分の食事代を置いた理央へ、松丸が訂正を求めてきた。

店を出て道端に寄り、理央はスマホを取り出す。今夜、律と話がしたい旨《むね》を伝えなくては。

「家だとタラたちがいてなんかうやむやになりそうだし……」

猫抜きで話したいことがあるので今日は駅前で待ち合わせて外食にしないか、と問いかける。案外とすぐに既読アイコンがつき、それからしばらくして「了解、何時にする？」と返事があった。

残業なしで最速で帰った場合の待ち合わせ時間を設定し、理央はゆっくり丁寧に送信アイコンをタップした。

13

タイミングが悪い。

律はスマホを片手に机に突っ伏した。向かいの席の事務のおばさまに「こらこらもう昼休み終わってるわよ、起きて～」と注意され、素直に謝って起き上がるも、自分の間の悪さに心はちょっとしょんぼりしている。

昼休み終了直前、理央から話し合いがしたいというメッセージが届いた。しかし、昨夜も今朝も理央がいわゆる平常運転であったことに業を煮やした律は、相互登録した秘書さんへ、もうすでに――同居人てば夢にするつもりのようですよ、と愚痴を送ってしまっていたのだった。そんなにすぐは返信できないと言っていたはずの秘書さんは、ちょうど昼休み中だったのか「私が一肌脱ぎましょう」と返してきた。冗談めいたそのメッセージに、わあ、頼もしいと笑い、律は窘《たしな》めることはしなかった。

理央からの話し合い希望のメッセージが届いたのは、そのあとだったのである。

こうなると秘書さんに一肌脱がれてはまずいことになる。もし一肌を本気で脱ぐなら秘書さんは理央父を巻き込むつもりだろうし、律と向き合ってくれる気になった理央の心意気が、父親介入で萎えてしまったら大変困る。

さすがに起きろと叱られたばかりで、私用メッセージを送るわけにはいかず、三時のおやつ休憩になってようやく律は「一肌脱がなくても大丈夫です、お心遣いだけ受け取ります」と返信できた。よくよく考えれば、理央が話し合いをしてくれずとも脱がれては困るのだからさっさとお断りしておけばよかった。

そんな反省を胸に、少々忙しくなってきた業務を気合で終わらせ、律は定時に帰宅の途に就いた。

理央の話の内容をあれこれと一喜一憂して考えながら。

駅前での待ち合わせは、新居への入居当日以来二度目だ。

律が恋を自覚した時よりもさらに季節は移り変わって、駅前はすっかりクリスマスイルミネーションで輝くようになっている。以前の待ち合わせではすぐに理央を見つけられなかったけれど、もはや理央の姿は律にとって日常となり、そこそこの人出の駅前でも一瞬で見つけられるようになった。

「理央の方が早かったのか」

律が歩み寄る前からこちらを見つけていた理央が、「定時のチャイムですぐに出てきたから」と笑う。

話がしたい、と理央はメッセージをくれた。きっともう、理央の中で何かは決まっているのだろう。だからこうして――律を、ちゃんと見てくれる。

秘書さんに一肌脱いでもらう必要はない。一応断りの返信をしたけれど、ちゃんと見てくれただろうか。まさかこの駅前で遭遇してしまったりしないよな、とこっそり律は辺りを見回す。

「どうしたの？」

「えっ。いや、えーと、飯どこで食うかなーって」

「ああ。――静かなところがいいし、この間裏道散歩した時に見つけた小さいイタリアンはどう」

「お、おう」

頷きつつ律は、そうか、静かなところで話したいのか、と気を引き締める。

秘書さんに愚痴った際、理央の気持ちはこうであろう、という推測はできている。理央はちょいちょい律の予想を外した行動を取ってくるが、さすがにこれが外れているわけはないだろう。キスされたんだから好かれているはずだ。

――いやいや。しかし相手の気持ちばかり当てにして自分は何も言わないのは傲慢だ。話もせずに両想いになろうなんて図々しいと、秘書さんも腐していた。

「あのさ、理央、お前の話のあとでいいから俺の話も」

聞いてほしい。

そんな律のお願いは、理央にかかってきた一本の電話で中途半端に途切れた。

「……母さんからだ」

「え」

「ごめん、ちょっと出るね」

人通りのあまりない横道のガードレールに寄って、理央が電話を受ける。一体どんな内容なんだ、出鼻を挫《くじ》かれたぞと、理央母からの入電をやや恨めしく思っていると、律のスマホまでが胸ポケットで震えた。見れば律の母からの着信だ。

「え、ちょっと母さん何？　今、理央にも電話かかってきてるんだけど、まさか何か企んでるんじゃ」

「企むってひどいわあ。大変だって圭子が言うから律にも教えてあげようと思ったのに」

「こわ、何、大変って」

怖いもの知らずの母親連合をして大変と言わしめるとは、何が起こったというのだろう。

今の律にとって怖いのは、理央の気持ちを聞かないまま別れさせられることだ。もういい大人なので、周囲の圧力で勝手に関係を変えられたりしないとわかっていても、理央が何を考えているのか確認したわけじゃないから泰然《たいぜん》と構えられはしない。そんな律の耳を、母の甲高い声が打つ。

「雅美《まさみ》くんが……あ、理央ちゃんのお父さんがね、ええと『打算で婚約など何事だ』『年上でしかも同性だと』『鈍い理央を騙す毒婦ではないのか』とたいそうお怒りになり、圭子ちゃんからあなたたちの新居の鍵を強奪、理央ちゃんを連れ戻しに行った、——ということなのよ‼」

「ということなのよ、って」

最後だけテンションを上げてきたが、話の内容はまるで紙に書いたものを読み上げているかのようだった。律のそんな鋭い突っ込みに母親は「一言一句間違わず教えてあげられるようにメモしたのを読んだからよ！」と声を張った。多分エヘンと胸も張っているが、律は黙る。母はとても突っ込みしづらい存在なのだ。

「ていうか理央の母さん、なんでうちの鍵持ってんの？」

「不動産屋さんが三本鍵くれたから。何かあったときのために実家でひとつ鍵を持っておくのは普通だと思うけど」

「それを強奪されて使われるのは普通じゃないじゃん！」

「そのへんは私は関知してないから知らないわあ。それより今、理央ちゃんと一緒なんでしょう？雅美くんをどうするか決めなさいよ。じゃあね」

「ちょ」

相変わらず言いたいことだけ言って通話は切れた。

そうか、理央父の名は雅美くんというのか、とどうでもいいことを考えもするが、とりあえずうちに帰るのが喫緊《きつきん》の課題であろう。理央を見ればそちらはまだ通話中で、スマホに向かって騒いでいる。

「いや、そりゃ律は年上だけど。って、毒婦って何?!　打算って、そりゃあ打算、……だけど」

律の母がメモしてまで伝えてきたのと同じことを言われているのだろうが、理央は、打算については否定の言葉が見つからないようで、ださんださんと呟くだけになっている。

しかし律と理央が打算の関係であるとバレるとしたらそれは、理央母の口からではなく、秘書さんからだと思う。最初は打算だったけれど今は違うって言ったのに、どうして話がひん曲がって理央父に伝わっているのか、ちょっと腹立たしくもある。

それにしても、毒婦も秘書さんの報告から出た言葉なのだろうか。笑いどころではないのに昭和サスペンスっぽい響きに和んでしまいもする。

「ああもう、母さんと話してても埒が明かないから切るよ！」

律の見る限りでは常に母に押し負けていた理央が、強く物申して電話を切った。なんだよ理央のくせにかっこいいぞ、と見つめる律へ、自立して母親へきっぱりお断りできるようになった男は手を差し伸べてきた。

「父さんがうちに勝手に入ってるかもしれないから走ろう。――タラたちが心配だから」

この期に及んで猫の心配をする猫バカ男前。

でも、そんなところがたまらなく好きだ。

差し出された手を握り、まだ人通りの多い駅前を抜けてふたりは走った。

上がった息でマンションに辿り着き、鍵の開いている玄関ドアを思いきりよく開けた先で律が見たのは――廊下で猫三匹にたかられている、ロマンスグレーのよく見知った紳士だった。

「もう、父さん！」

「えっ⁈」

「なんで勝手にうちに入るの！」

律とほぼ同時に玄関に入った理央が叫ぶ。

えっ、ともう一度声に出して、律は闖入者《ちんにゅうしゃ》を見て理央を見てまた闖入者を見た。

――ちょっと待って……？

目の前で、廊下のど真ん中で、猫三匹にたかられて仁王立ちしているのはもう何度も遭遇し理央についての相談をした、それどころかメッセージアプリのＩＤまで交換した紳士だ。

彼が、理央の、父親？

「えっ……ちょ、ま」

秘書室長さんてこの人じゃないの⁈　と声を大にして言いたい律へ、秘書さんではなかったロマンスグレーの紳士は、理央が一瞬視線を外した隙にいつも通りのウインクを送ってきた。だが律は心の中で「ちょ……待って……」とリピートしてしまう。それほどに衝撃が強い。

とりあえずは律を黙らせることに成功したからか、理央父は、

「なんだ理央、そんなに騒ぐもんじゃない。まず靴を脱いで中に入りなさい」

と威厳ある声音で諭した。胸に黒猫タラがしがみつき、両肩にはわらびとゼンが乗っかっているので様にならないことこのうえないのだが、理央としては猫まみれのその姿も許せないらしい。

「それがお前の許婚かね」

秘書さん改め理央父が、じろりと律を睨《にら》もうとする、その視線を遮《さえぎ》るように理央が目の前に立ちはだかる。

「律のことはいいでしょう。何しに来たんです」

「よくはないだろう。そこの、神楽坂律くん、か？　ちゃんと調べたので今さら私の目から隠しても無駄だ。彼は打算でお前と婚約し、多額の融資を受けようと目論んでいるようじゃないか。当然うちは一銭たりとも出す気はないが、お前は沓名の名前を出して銀行との交渉に一役買ったらしいな」

「大したことはしていません。父さんも今言った通り、うちからは一銭も出しませんし連帯保証人にもなる予定はありません。婚約者だと銀行の担当者に挨拶するくらい問題ないでしょう」

「本当に御しやすい男だな。お前はこれまで恋のひとつもしなかった朴念仁だから、その、きれいな顔をした、百戦錬磨の毒婦のような彼に、利用されているのがわからんのだ！」

わざわざセンテンスごとに区切って強くアクセントをつけ、理央父が律を悪し様に論《あげつら》う。まったく

の事実無根で、しかも肩に乗ったわらびをやさしく撫で撫でしながらの言葉だから、律は笑っていいのか神妙に理央の陰に隠れていればいいのかわからなくなる。

「俺が朴念仁なのはその通りですけど、律は何も悪くありません！　百戦錬磨でもないし俺を利用もしてませんから！」

「本当にそうと言い切れるのか？　いいのか、もし利用されていたとわかったらお前はどうせ後悔するんだろう？　何があっても後悔しないと言い切れる何が、お前にあるというんだ？　婚約など破棄しろ。結納もしていない口約束の婚約などないも同然だ」

この理央父ノリノリである。

しかし、秘書さんと思っていた紳士が理央父ならば納得だ。多分このノリノリの律への罵倒は、返信にあった「一肌脱いでいる」状態なのだ。

「……しません」

ネタバレを喰らってしまい、どんな感情でこの理央父の演技を見ていればいいのかわからない律の前で、理央が呟く。それを体育教師のようなセリフで理央父が煽る。

「なんだと？　聞こえないぞ！」

「婚約破棄、致しません！」

奇しくも律が、偽婚約をお願いした時と同じセリフを、理央が叫んだ。

——う、わ。

理央父の寸劇を可笑しがっていた律の心を、唐突な甘さが襲う。

理央の抵抗が嬉しくて、その決心に至った気持ちがまだ言葉にされていないのに伝わってきて、律は思わず理央のスーツの裾を摑《つか》んだ。

ぴくりと理央がこちらを向く。理央からの視線が逸れると同時、理央父はサムズアップしてまたもウインクしてくる。そうして、まるでもう一押し、とでもいうように「なんてことだ……後悔しないんだな？」と理央に尋ねた。

しばし見つめ合う父親と子。本当にこのふたり、容貌に似たところがない。理央父は和で、理央は洋だ。しかしよく考えれば理央は、理央母の圭子によく似ていた。理央の父ならば理央に似ているだろうという思い込みから、理央父を秘書さんと認定したのは律のやらかしだ。まあそのおかげで、気構えすることなく理央についての話をしてしまったのだけれど。

そうやって、ふたりを見比べる律の前に立った理央が、静かに口を開いた。

「後悔なんてしません。俺は、律を、——好きなんです」

と。

歓喜で、息を大きく吸い込んだまま呼吸が止まった。胸がいっぱい、というのはこのことをいうのに違いない。そのくらいときめいて、律は摑んだ理央の服をいっそう強く握りしめぐいぐい引っ張ってしまう。本当ならば床上をローリングしたいくらいのエモーショナルな感動を覚えているのだけれどできないのだから仕方ない。

理央父は大変、満足げだ。

「それは…………恋か！」

「こ、恋です」

「よし！」

ならばよし！　と二回もヨシと言って、理央父は大きく頷いた。

「お前が恋を知って、それを手放さないというなら私に文句はない」

言いながら、抱きついて額をぺろぺろ舐めているゼンをそっと廊下へ下ろす。次にわらびとタラを。全員を下ろし終わると、猫毛をダークスーツのあちらこちらに貼りつけたまま、理央父は玄関前の廊下で佇《たたず》むふたりの方へと歩み寄ってきた。

「律くん、こんな朴念仁ですけど頼みましたよ」

「あっ、は、はい……」

「理央はもう少しこまめに自分の気持ちを見極めるように」

「えっ？」

衷心《ちゅうしん》からのアドバイスに疑問符を浮かべた息子の肩を叩き、理央父は去っていった。玄関の鍵は返してくれなかった。

廊下の猫たちが毛繕いし合うのを横目に、律は内鍵を閉めついでにチェーンロックをして理央の上着の裾から手を離す。

「理央の父さんて……おちゃめじゃん……？」

「えっ。ものすごく真面目じゃない？　律との婚約に事情があったってくらいであんなに問い詰めてくるんだよ？　嫌な気分にならなかった？」

「ああ、いや、それは全然、大丈夫。むしろ――理央が、俺を庇《かば》うみたいにしてるの、すげえなんだろ、かっこいいぞって思ったかな」

別に守られたいわけでもないし、庇われて安堵することもないのだけれど、律を大事にしているのだとごく自然に理央が表してくれるのはとても嬉しく思えた。自分も、何かあれば理央を守ったり庇ったりしたいと考えているから、それがどんな感情に端を発するものかよくわかる。

「あの……さっきお前がはっきり言ってくれたから俺も言うけど」

「待って」

またも出鼻を挫かれた律の手を、理央が両手で握ってきた。

「さっきのは父さんに宣言しただけで、律にちゃんと言ってない」

真摯な眼差しが見下ろしてくる。

廊下の照明は少しオレンジがかっていて、だからかはわからないけれど律はにわかに立ち昇る甘い雰囲気にときめいてしまう。

「ずっと考えてたんだ。なんでキスなんてしたんだろうって悩んでた」

頭が働かなかったので、律を鏡として自分も普段通りに振る舞ったのだと理央は言う。律は律で相手の出方を見ようと思って平静を装っていたのだから、これはどちらに咎があるという話ではないようだ。ともかく理央は、本物の秘書室長と会食する最中も悩み続け、

「それで――昼過ぎにやっとわかったんだよ。律が好きなんだ、って」

囁きが、耳を溶かした。

「律に何度もさわっていたのも、今思えば好きだからで」

「は、はい……」

「だから、その、律が俺をどう思っているか聞く前に言うのもなんだし、父親に大見得切っといてなんだけど」

少し言いにくそうにして、理央が先を続ける。

「何があっても婚約破棄、しないでほしい」

「何があっても？」

「たとえば、ランチとか始めて俺がいなくても融資が下りるとしても、できれば破棄しないでほしいってことで、その――」

瞬間言い淀んだ理央は、覚悟を決めるように瞬きし、強い瞳で律を見つめてきた。

「俺に価値がなくっても、ずっと一緒にいてほしい、です」

「っ……」

理央の告白に胸を打たれ、律は頭を仰け反らせて天井を仰いだ。

――かわいすぎでは……？

理央は恋愛が嫌なのだろうと思い込み、自分の恋心がバレたら婚約などなかったことになると必死に自分の気持ちを隠してきた。でも理央の心だって変化するのだ。聞けばよかった。

「……律？」

不安に揺れる声が、天へ翔《か》けてしまいそうだった律の心を引き戻す。

言われっぱなしでいいわけがない。天を仰いだ眼差しを理央にちゃんと向け、握られてばかりの手を片方引っこ抜いて、律は自分からも手を握り返した。

見つめる理央の瞳は甘いビターチョコレート色だ。

やばい、やっぱり好きだ、なんて感情がどっと湧いて、律は目を伏せてしまう。だがここは照れても仕方がない場面だと、そう思う。

「理央は……理央ってだけですごくいいから、融資なんかどうでもいいっていうか」

伏し目のままで訥々《とつとつ》と呟く。

「いや、どうでもよくないけど、理央の価値にカウントしてないっていうか……」

その言い方もどうなのだろう。よくよく考えてみると融資絡みで何を言ってもどこか角が立つような気がする。正直そこは律の恋愛感情に無関係な部分なのだ。自分にとって理央の何が大切なのかといえば、

「お前はあの、猫バカだし、人のこと猫って言って髪さわるし、飯は美味そうに食うしくっつくの嫌がらないし一緒にいて面白いの最初の何日かでわかったし、えっと」

「……」

何を言っているのかわからなくなってきた。ちらりと窺えばそんな自分を妙に嬉しそうな目で見下ろしてくる理央がいる。なんだか、「こいつめ」という気分が湧いて律は身体ごと、どす、と理央にぶつかりに行った。

「ていうかお前遅いんだよ、もう。俺なんかな、一緒に住んで一週間でもう、理央のこと好きかもどうしようって悩んでたんだからな」

「え……」

「でも理央は恋愛なんてナマコと思ってるだろうし、バレて婚約破棄されないようにずっと隠して」

そうだ。どうにも隠しきれなくなってきそうで色々物を考えもした。

「お前がさわると嬉しいから好きなのバレちゃうと思って、あんまりさわられないようにゲイだってカミングアウトしたのにお前全然離れていかないし。むしろくっついてくるし。なんなのこいつって

思ってたからな」

「なんなのこいつ」

「そうだよ、なんなのこいつ、好き！　って」

我ながら馬鹿すぎると思いつつ、半分切れ気味に垂れ流す。年上らしさなどもう知ったことか。もうどうせ理央にはずっと、そんなところなど見せていないのだ。いつだって照れてるとか口尖ってるとかからかわれていた。そうやって構ってくれるところを何より好きになってしまったのだから。

「……律って」

「なんだよ」

どうせ馬鹿だとか気を回しすぎだとか色気のないことを言うに違いない。それもまた理央だから、面白くて好きだけれど。そう思いつつ、何を言うのだろうと見上げた先で、自分を抱く男前はうっとりするほどやさしく微笑んだ。

「律って、なんでそんなにかわいいのかな」

「え」

「ずっと律って猫みたいでかわいいって思ってたけど、猫っぽくないのにかわいいなって思った時に好きだって気がついてればよかった」

「かわ」

「……猫だと思えば、さわってても罪悪感がないから、そう思い込もうとしてたんだ」

困ったような笑みに胸が震える。

かわいいのは理央の方だ。それって結構初期から俺のこと好きじゃない？　なんて野暮な突っ込みはなしにして、律は伸び上がって理央の頰に頰擦りをした。それはもうぐいぐい押しつける勢いで二度こすって、多分理央からはしてくれないだろうキスを、自分からした。

「っ……」

驚いたように息を吞む理央に、また胸がざわめく。触れるだけの唇をそのままに、握り合っていた手をそっと外して首に抱きついた。

——んあ……？

柔らかく、理央の唇が律の唇を食《は》んでくる。ぎこちなさなんてない、愛撫することに慣れたやさしい甘さに、とろんと背筋から芯が抜けてしまった。

理央に恋人はいなかったはずなのに。そう疑問も浮かぶのに、もっと深く味わいたくて唇が誘うように薄く開く。けれど理央の舌が割って入ってくることはなく、ただかわいがるように乾いた唇が幾度もついばむキスと頰へのキスを繰り返す。

ああ。慣れているのは人とのキスじゃなくて猫へのチューだ。鼻先をちょんと押しつけるような、挨拶のキス。思い当たった途端、猫バカな男前への気持ちが炒《い》ったポップコーン並みに膨らんではじけた。

我慢しきれずに舌を触れさせると、理央はびくりと緊張する。それはそうだろう。こんな濡れたキスは——人としかしない。

理央の名を吐息だけで呼んで律はゆっくりと唇の内側を舌先でなぞった。驚いたように固まっていた理央の身体が徐々に解け、律の背に手を回してくる。

んんん、と甘えかかった鼻声が漏れると同時、厚みのある舌が内側へと入り込んできた。

――あ、やば、うま……。

勘がいいのかなんなのか。味わうようにゆったりとした舌遣いで舌先を搦《から》め捕《と》られ、ちゅうと吸い上げられる。キスと捕食は似ているけれど、まるで本当に高級食材にでもなったかのような、絶対味覚を使っているだろうと思われるキスに腰まで蕩け落ちそうになってしまう。

他人の濡れる唇の中が、こんなに甘いなんて思わなかった。

キスしているだけで昂《たか》ぶって欲情して、なのに早くセックスに傾《なだ》れ込みたいという即物的な欲求ばかりじゃない、ひたすらくちづけていたい気持ちが溢れている。キスだけで気持ちまで満ち足りていきそうなのは、もしかしたら理央を好きだと心底感じているせいかもしれない。

抱き合う手のひらが、理央の髪や頬や背をまさぐる。律のうなじから背中、腰へと撫で下ろしてゆく。いつまでもキスしていられそうな気分だった。

「なあん」

不意にキスが終わったのは、互いの足に黒猫タラが甘えかかってきてごはんの要求をしたせいだ。

小さくふたりの唇の間に笑いの吐息が生まれ、それを機に甘く濡れ合っていたそこはゆるりと離れた。乾ききらない唾液で唇には艶がある。やらしい気分もなくはないのに、まだ抱き合う腕をそのままに足元を見下ろせば猫だかりになっていた。

「お腹、減ったかも……」

「……俺も」

くく、と笑い合うと、離れる前の一抱き、とばかりに理央がぎゅうと律を抱いた。

出会った頃は猫を撫でるためだけに存在していた理央の手が、自分を抱きしめているなんておかしい。

心の底から楽しくなって笑い声を漏らすと、抱く力を余計に強くされて息が潰れ変な甘さを醸してしまう。

「ん、り、理央」

「ああ……律って、やっぱり、かわいい」

抱きしめても潰れない大きさでかわいい、などと理央が言う。いつも、大きな猫は抱き甲斐があってかわいいと猫を評しているのを知っている律は、理央の背中に回した手で、「俺は猫じゃないぞ」と、ぺしりと突っ込みを入れた。

ようやく離れた人間たちに、三匹が甘えかかってくる。それぞれの餌皿にドライフードを入れてやったあとは、律たちも食卓に着くことにした。とはいえ理央父がいるというので慌てて帰ってきたから買い物は何もしていないし、かといって冷蔵庫の中身を見繕って何かを作る気も起きない。結局、冷凍してあった白飯に卵をかけただけという甚《はなは》だシンプルな食事で終えることにした。

そんな、五分もかからず終了する食卓はすぐに片付いてしまった。おかげで何を話せばいいのかよくわからなくて、無言になってしまったのは、理央も同じように考えていたからだろう。あちらが話しかけてくるならば、律もきっといつも通りに喋っていた。

——なんか、雰囲気続行って感じだよな。

気詰まりというのとは違う、相手の出方を窺うような空気感。

箸を置いた理央が、こちらを見ては何か言いかけて目を逸らす。言いにくいことでもあるかのようだ。触れ合うための第一歩を踏み出すまでの、独特の気配が皮膚をざわめかせている。空気に触れるだけで痺れるような、ときめくような緊張を感じながら律は理央の言葉を待つ。見当はつくけれど理央のことだから外してくるかもしれない。

身体の内側をざわざわさせながら、律はついそっけない口調で「なんだよ」と先制攻撃してしまった。なんて色気のない言葉だろう。しかし律の言葉の強さなんかよりも、その態度をきちんと読み解ける理央は、男前のくせにおずおずと恥ずかしそうに呟いた。

「今日――律と、一緒に寝てもいいかな？」

きゅんとなった胸を手のひらが勝手に押さえた。おかげで呻かなくて済んだ。

そんなの、いいに決まっている。

「……おう」

頷く律の目に、理央のビターチョコレート色の眼差しが甘く濡れて見えた。


就寝前の風呂は、同居し始めた時からのルーチンだ。先に入る方がどちらなのかは場合による。今日は理央を先に入れ、律があとから入った。

期待に後押しされ、ちょっと長めに入浴して念入りに身体を洗った律の部屋へ理央がやってきたのは、二十二時になるかならないかの頃だった。理央の寝室は、タラとゼンにとって本気寝のための部屋と思われているので、同衾するなら律の部屋がよいという。ちなみにわらびはリビングのソファに置かれても嫌がることなくその場で眠り始めたそうだ。わらびは本当に賢い。

そうしてドキドキしながら迎えた就寝の時。

――あれえ……？

律はベッドの上、頭の中に疑問符を飼っている。

普通、両想いになったその日の夜といったら、あれやこれやといやらしいことを考えてしまってもいいはずだ。

しかし理央は、あのわらびと同衾した日のように同じ布団に横たわり律を背後から抱く形を取りながら――「おやすみ」といい声で告げて動かなくなってしまった。

自分の後ろ、身体は触れない距離に大好きな男前がいる。しかも片腕は自分の腹に回りあまつさえ指を絡めているというのに、「おやすみ」とは何事か。まったくもって許しがたい蛮行である。あの事前の空気感はなんだったのかとか、甘々のキスをしたくせに何をしてるんだとか、色々と憤りつつ律は頭を悩ませる。

理央の「さわりたい」という気持ちはそんないやらしいものではなく、純粋に猫かわいいから抱っこしたい、みたいなものだったのだろうか。

――そしたらエロいことしたい俺に、そのうち呆れるかも……。

欲を満たしたくてたまらない自分との差異を思い、しょんぼりしそうになる。

だが、話し合いをしないで自己完結するのはよくないと学んだばかりだ。ここで諦めてはいけないのではなかろうか。

絡められた指からそっとすり抜け、律は乗せられた理央の腕の下でもぞもぞと半回転した。ベッドの中、理央と向き合う形を取る。ただし、理央はベッドから足がはみ出ないようにするためか、ヘッドボードに頭がくっつくくらいの高い位置で横たわっていた。おかげで律の頭は理央の胸に抱き込まれることとなる。あの、電車で抱きしめられた時と同じだ。

暗闇に慣れた目が、常夜灯の下で理央の喉仏を見つけた。

「……理央」

まだ眠っているはずはないと、囁きかけて額を胸元にこすりつける。びくりと身を固くした理央が、「なあに……寝られないの」などとすっとぼけたことを聞いてきた。どうやら理央は緊張しているらしい。

そうだ。理央は恋愛嫌いで経験値がゼロなのだった。一緒に布団に入ったはいいが、どう始めていいものか悩んでいたのかもしれない。

まさか共寝に誘っておいて、したくない、なんてことはないよなとほんの少しの疑念は湧くが、それをどうにか押し殺して、律は理央の腰に手を回した。

腰骨の上の張りのある筋肉に触れると容易にムラムラする自分はいやらしいのかもしれない。つい先日目にした理央の均整の取れた身体つきを思い出し、余計に腹に卑猥《ひわい》な熱は溜まる。

欲情を掻き立てる、あんな身体が自分の上にもしもあったら、なんて、浅ましい考えだ。けれど好きならば考えても仕方ないだろ、と開き直る気持ちで、甘えるだけ甘えようと理央の喉仏に唇を触れさせた。繊細な硬い感触に胸が疼《うず》いて、ぺろりと舐めてしまう。

「律……それちょっと……」

「ん……?」

密やかに呼びかけられ返事をすると、思っていた以上に鼻にかかった甘え声が出た。それが恥ずかしいが、唇の下で微かに上下した喉仏に誘われ、律は理央の首元に唇で甘噛みを繰り返す。

「もう……」

小さな呻きと共に、律の頭が動かないようにするためか、大きな手のひらが律の頭をそっと胸に抱き込んだ。どっと心臓の鼓動が速くなる。背筋が期待と緊張で勝手に粟立《あわだ》ってしまう。そんな律の耳元に、吐息が忍び込んでくる。

「そんなふうにされると、寝られなくなる、から……」

ひゅっと、吸った息が瞬間止まった。胸がざわついて、苛立ちに似た甘いものが身体の内側を逆撫でする。

「寝、なくても、よくない……？」

どうにか絞り出した声が震えている。眠れなくなるというのは、律が今感じているのと同じ衝動を理央も抱いているからならば——眠る必要なんてない。抱き込まれた手のひらの下、理央の胸に頬擦りをすると、腹の奥で欲望がより熱くなるのを感じる。

「寝ないと……明日、眠いでしょ」

埒もない囁きを返してくるくせに、布団の中に凝《こご》る熱は高まっている。律だけじゃない、理央の体温だって上がっているのだ。好きな相手とこんなに触れ合って共寝しているのだから欲しくならないはずがない。理央にも欲しがってほしい。

小さく喉奥の欲を呑み込み、律は、逞《たくま》しい理央の腰の上から、太腿へと手を滑らせた。

「り」

つ、と名を呼ぶ理央の吐息が熱い。耳にかかるその声に、律の熱もより上がる。

滑り下ろした手のひらをゆるりと腹へ向かって撫で上げた場所に硬いものを見つけ、律の胸は歓喜で大きく揺れた。太い幹が布の下で強く存在を主張している。

「理央……これ」

静かに身体の下でざわめいていた欲望が解放されたような感覚だ。なけなしの隙間があったふたりの身体が密着するくらいに、律はベッドの中で寄り添う。手の中の熱い塊が、いっそう強さを増した。

「律……さわるの、嫌じゃないの……」

「なんで……？　俺だって、なってるのに」

理央こそ、嫌じゃなければさわってみてほしい。自分がどれだけ理央に触れたかったかきっとわかるはずだ。隙間なくくっついた腰をそっと揺らし、理央の脚に自身の熱を押しつけると、物も言わず理央は甘い息を吐いた。

——ああヤバい、好きだ……。

少しの反応さえ愛おしく思えて、胸に抱きかかえられていた顔を上げ、目の前に見つけた理央の顎に唇を触れさせる。その間にも手は勝手に理央の熱い脈を伝えるものをゆるゆるとさすり上げている。

多分、慣れとかそういうものじゃない。慣れるほどは律には経験がない。ただ、理央に触れたくて触れてほしくて繋がりたくて、そんな本能に根差した欲が、勝手に身体を突き動かしている。

したいな、と切実に思う。けれどこれを入れて、と正直に言ってもいいものか、そんな躊躇いもまだ胸の中にある。だって理央は、今の今まで恋愛も性欲も無関係で生きてきたはずだから、こんなふうに触れる律を許しているだけでも、もしかしたらキャパシティがいっぱいかもしれないのだ。

——入れてほしいって言ったら嫌われる、かな……？　いや、嫌われることはないだろうけど……。

驚かれはするかもしれない。そんなところに入れられるの、なんて無邪気に尋ねられても答えに詰まりそうだ。けれど理央ともっと触れ合いたい気持ちはとめどなく溢れてしまう。

「……なあ、あの……男同士の仕方、教えるから」

「おとこ、どうしの……」

顎にくちづけながら唆《そそのか》す律の言葉に、手のひらの中の理央の熱は萎えることなく硬さを維持している。よかったと安堵しながら、けれど引かれないように欲望は小出しにしなくてはと、律はさらなる誘惑の言葉を舌に乗せた。

「脚の間で、こするの、——してみないか……？」

これならきっと許容範囲だろうなんて狡猾《こうかつ》に考えて、律は理央のパジャマのボタンに手をかけた。

同じようにしてほしいと囁く律に倣い、ぎこちない手つきの理央に服を脱がされる。それだけで期待で昂ぶり、互いに薄オレンジの常夜灯の下で裸になった時には腹が先走りで濡れるほどになっていた。それを見下ろした理央の目が、潤むような光を宿しているのが嬉しい。欲情した瞳がぎらぎらと光を反射している。

律はサイドテーブルからジェルを取り出し——我慢できない夜にひとり寝で利用していたものだが、実家に置いておくわけにいかず持ってきたのだ——理央のまっすぐそそり立った剛直にたっぷり両手で塗りつけた。

「っ……律、それ」

「……ひとりで使ってたやつ」

エロくてごめんな、と身を寄せて、理央の身体に触れる。包み込むように両の手のひらで太い熱塊を愛撫すると、引くどころか、理央は背を抱き寄せてキスをくれた。先ほどと違い舌がごく自然に律の唇を割り、甘やかしながら濡れながら絡み合わせてくる。

好きだな、嬉しいな、好きだな、とそればかりがくるくると心の中でこだまして、寄り添う身体はよりいっそう理央へと擦りついてゆく。ぴんと尖っていた乳首が密着した肌でこすれ、ぞくぞくと腰の奥を疼かせてしまう。このままでは太腿の間でこするなんていう仮初の快楽では我慢できなくなりそうだ。さすがにその手の免疫がまったくなさそうな理央に、貪欲な窄《すぼ》まりを犯してほしいなんてお願いできない。

律はゆっくりと触れ合う身体を離し、理央に背を向けた。後ろ手に、ジェルでたっぷり濡らした理央の熱をひとさすりし、ベッドに膝をつく。そして。

「理央の、おっきいの……太腿の間に挿して」

いつもよりもうんと殊勝に、甘えるように囁いて目を伏せると、理央は気配だけでもわかるくらいに大きく息を呑んだ。

「律の、ここに……入れていいの？」

膝だけでなく、両手もベッドについた律の太腿の隙間に理央の指先が触れた。全然直接的な性器でもない場所なのに、背筋が震え上がるほどに感じて、律は甘く籠ったため息を吐《つ》いてしまう。密やかに、理央が呟く。

「息だけで誘うなんて、律って……」

続きを言わない理央の濡れた性器が、ぬるりと太腿の合間に挿し入れられてきた。

――あ、うそ、素股ってこんな……やばいのか……？

あの場所と違って微かすらも痛みがない分、間を割って入ってきたものの純粋な硬さを感じてしまう。しかも内腿の皮膚は薄くて、あれの形がすっかりわかる。強く張り出したエラの部分が律の双球をこすり上げた辺りで根元までが挿入されきった。

「どうしよう律……気持ちよくて、動きたい……」

律の尻に腹を当てる形で軽くのしかかってきた理央が、揺れそうな身体を制しているのか、甘く震える声音でねだってくる。それは、律も同じだ。ただ脚の間に受け入れるだけのこの行為が、こんなに悦いなんて思いもしなかった。

「俺も、気持ちいい……理央が好きに動いていいから」

言いながら律はあまり肉がついているわけではない太腿をきゅうと締める。

「そしたら、俺も、もっと気持ちいい……」

「っ……律」

言い終わるや、理央が腰を引いた。内腿の隙間で昂ぶりの張り出した部分がコリ、とめくれる。すぐに突き入れられ、また引かれ、そのたびに律の身体が揺れる。ずり上がってすぐに抜けてしまいそうで、律は腰を突き出し、理央の手のひらを自身の腰へと誘う。

どうしてほしいかわかったのか、理央の大きな手のひらが、律の両脇腹をしっかりと支えた。華奢でもない自分の腰が妙に細く感じられて変な気分になる。

「んっ、ん、こすれて、気持ちい」

「俺も……律の脚、気持ちいい……」

抜き差しのたびにぬちぬちと音を立てるこれが、本当のセックスじゃないなんて不思議になる。深く繋がっているわけではなくても、熱も硬さも零れる吐息もセックスと変わりなく感じる。

熱い大きな手は、ほんの少しずらされるだけで、理央の指先が胸に届きそうだ。身体中敏感になっているせいですっかり硬く立ってしまった小さな突起はきっと、触れられるだけでびりびりと腰の奥へと疼く熱を伝えてしまう。

「つう」

思ったそばから理央の指に押し上げられるように乳首を潰され、声が甘く詰まった。太腿の間に挟み込んだ熱がグンと強く硬くなる。

「……これ、乳首？」

「んっ……そ、だよ」

「かたい……」

ただ感触を楽しむように理央の指がくりくりとそこを押し潰した。あ、あ、と律の口から意図せぬ嬌声《きょうせい》が溢れてしまう。昂ぶりきっている性器の先に透明な露が溜まってしまう。脚の間なんかじゃないもっと奥に欲しくなって律は身を捩《よじ》る。

「つり、りぉ、それ、ダメだ……っ」

「ダメの声じゃないでしょそれ……」

「ば、ばか、くそ、理央のそういうとこ……っ」

悪態を吐《つ》こうとしたのに、好きだ、と続けてしまったのが運の尽きだ。ただひたすら愉しむように、理央の指は小さく尖った先端を弄り回す。その間、脚の間のものは動いていないのに脈打ち、硬く育って、律の性感を余さず翻弄してくる。

「む、むね、もうさわんな……」

「嫌？」

「嫌じゃないからやなの……っ！」

乳首を弄られるだけで射精しそうなほど感じているなんて恥ずかしい。しかし恥ずかしがる律が大好物らしい男前は「嫌じゃないなら」と摘まみ上げた乳首の先端をこすり上げた。

「あ、っあ、だめ、マジ、もう」

枕に突っ伏して呟いた声は多分、理央には聞こえていない。けれど、もじもじとすり合わせた律の脚に負けたように、理央は胸弄りをやめて腰を強く押さえ込んだ。

「律の声、……なんかすごい、直撃される」

ここが、と言いざま理央はあの硬いものを抜き差しした。

――ヤバい、うそ、どこまでガチガチになっちゃうんだよこれ……。

抽送されるたび閉じた脚の隙間が拓かれていくように感じるほどだ。薄い太腿の肉を頑張って寄せたりしなくても、太さも長さも充分な性器はぬめりを纏《まと》って律の太腿を強く押し拓く。

まだ、本当の意味で繋がっているわけでもないのに、四つん這いになって強く逞しいそれを受け入れているともう、ぐちゃぐちゃに犯されているような気がしてきてしまう。ベッドに肘をついて俯けば、閉じた脚の間には自身の猛《たけ》った昂ぶりだけではなく――卑猥な色をした理央のペニスの、丸みを帯びた頭が覗いていた。

「うそ……大きすぎ……」

思わず呟いた瞬間、背筋を痺れが駆け上がった。律の呟きに応えるように理央がビクリと腰を震わせる。

こんなすごいのを入れられたら、どうにかなるくらいにきっと気持ちいい。

想像しただけでとろんと頭の中が蕩けてしまう。まだ触れられていない場所が、欲でひくつくのがわかる。

理央は、してくれるだろうか。理央とだからしたいとわかってくれるなら、してくれるに違いない。もう、引かれるかもしれないなんて恐れは消えてなくなっていた。

脚の間から覗く艶々した亀頭をゆるりと撫で上げ、律は囁く。

「理央……これ、で、あの」

本当のセックス、したい。

言葉を紡いだのと同時、律の股の隙間を強く穿《うが》っていた理央が動きを止めた。どうやら息も止めている。やはり過ぎた願いだったかもしれないと背後の気配を窺う律の耳に、低く長い、押し殺した吐息が滑り込んできた。

「……律は、俺を暴発させて楽しむ気だろう……」

「そんなこと……」

言いかけた律の背を覆うように理央の身体がズシリとのしかかってきた。首筋を噛まれ、「ん」と声が漏れる。

歯を立てず、唇で幾度もうなじを甘噛みし、「律はやらしい」とまるで誉め称えるかのような甘い声音で惑わしてくる。

恋愛嫌いで経験値ゼロの男に翻弄されて、律の心臓は高鳴りっぱなしになっている。これればかりは、経験値なんかの差じゃない。根っからの才能だ。

とにかく、もう、理央とぐちゃぐちゃに溶け合いたくてたまらなくなった。

「俺の、……あな、やらかくして」

これで、と手元に隠していたさっきのジェルを差し出す律の首を、今度は痛いくらいの強さで理央が噛みついてきた。


ぬめる指が内襞をそっとなぞっている。幾度も縁をなぞられ、内側までたっぷりと拓かれたそこへ、何本束ねているのかわからないが、理央の指がぬぷりと沈み込んでくる。下腹の筋肉が勝手にきゅうと絞り上がり、締めつけた窄まりは充足感を覚えてひくついてしまう。

「すごい、濡れて……柔らかくなってる」

上半身を伏せ、腰を突き出した律のあの場所は背後の理央に丸見えのはずだ。首を回せば自分の肩越しに、見下ろす眼差しを潤ませている理央の姿が見える。

その胸筋の張りと、太く逞しい腰に繋がる脇腹のラインに、ぞわりと背筋が形のないもので撫で上げられる。

セックスは、視覚も大事だ。目に映る理央の身体がどこもかしこもかっこよくて、それだけで自身が昂ぶるのがわかる。

「理央……理央の、俺のそこに、……な」

呼びかける律に咎めるような眼差しが落ちてくる。けれどそれは蔑《さげす》みの目ではないことは律にはもうわかっている。煽りすぎたから、視線で叱られているだけだ。だから律の胸にはただひたすら甘い。

指を抜き去る最後の最後、すっかり拓いた窄まりの縁を指がくるりと円を描いて名残惜しく離れていった。ひくん、とそこの場所が喰い締まってしまうよりも先に——ぱつんと張った亀頭が押し当てられた。

ああ、さっきのあのすごいのが、と胸が震える。あの大きくて強くて、律のことを大好きだと体現しているようなあれが、もう、すぐにも自分の中に入ってくる。

思うだけでぞくぞくして、後ろ手に手を回しその昂ぶりに触れて誘う。

「はやく、これ、いれろ、ってば……」

偉そうに言いながらも声音はとろとろだ。そんな律を見下ろす理央が、「もう、ほんとに律って……」と呆れに似て非なる声音で責めてくる。煽られて極まった欲情に自身の手を添え、腰を進めてきた。

「はい、って……」

くる。

艶々したあの卑猥な先端が自分の貪欲な内側へ侵入してくる。

ぬぷ、ぬぷ、と小刻みな抽送でゆっくりと理央が着実に奥へと進もうとする。蕩けるほど柔らかくなった襞は、押し拓かれると受け入れた熱に纏わりつくから、その形で中がゴリゴリとこすり上げられるのがわかってしまう。

「律の中の……奥の方まで入りそう……」

すごく柔らかい、と剛直に添えた指先で律の縁を探りながら理央が囁く。

「理央が、やらかくしたから……」

「俺の、これ、根元まで……入る？」

一気に貫かないようにするためか吐息を押し殺した理央が、律の指を使ってまだ入りきらず余った性器をなぞらせてくる。

ぞくぞくする。入らないはずがない。理央が欲しくて欲しくてたまらなくて誘ったのだから。

「入るから……早く、俺の中、来て」

理央の剛直に触れた手を滑らせ、自身の薄い尻をそっと開く。窄まりが見せつけられたせいか充分硬い理央の熱が、より強くぐぐぐと硬くなり、そして。

「あっ、ぁ、あッ……!!」

「っ……くそ、律、もう……」

ものすごい抑制心でゆっくりと進んできていた理央が、残りの数センチをぐぷりと押し込んできた。

その強さ。理央の気持ちの強さが自分の中を穿った。恍惚《こうこつ》として仰け反り律はひくひく震えた。

「っおっきい、おちんちん、すご……い」

思わず漏れた言葉に羞恥《しゅうち》でかっと顔が火照った。自分で自分に煽られて、身が竦むくらいに強く律が中を喰い締めた途端。

「っり、つ……」

呻く理央の声と共に内側が熱さで満たされた。ぐちゅ、という音を立てて理央が強く腰を押しつけて揺さぶり上げた。

「中で、出た……」

悔いが滲む声が律の耳を打つ。

悪いことをしたかもしれない。けれどそれ以上に律は快感で身が捩れている。もっと、もっとたくさん突いてほしい。理央の精液を受けてしまった自分の中をたっぷりといじめて欲しい。

「り、お……ここ、もっと」

「っ……エロすぎでしょ……！」

枕に頬を預け、理央を受け入れた場所を両手で開いてみせた律を理央が詰《なじ》る。暴発したくせにまったく萎えない昂ぶりを突き入れ、律の腰をしっかりと摑む。

気持ちよくてよくて、声も出ない。ただひたすらはぁはぁと上がった息の音だけが聞こえてくる。

理央も同じく、声もない。

――ああ、ヤバい、こんなに、好きだとか……。

セックスの悦さなんて、気持ちいいところがこすれるからだとばかり思っていたけれど全然違う。

勿論それもあるけれど、そうではなくて。

「す、すき、すきだから……っ、り、お」

「っもう、ほんと、あんた喋んな……っ」

なぜだか理央に叱られた。

けれど黙れる気がしない。気持ちいいのは理央が好きだからだ。好きな相手にぐちゃぐちゃに内側がかき混ぜられているからだ。身体だけじゃなく心の内側まで入り込まれてぐずぐずに蕩けさせられている。

ベッドに突っ伏していた身体が、理央の手に支えられて仰け反りながら起き上がってゆく。弓なりに反った身体が揺れ、頭までも仰け反ると潤んだ瞳に天井が映る。

腰を摑む理央の手のひらが腹側へと滑ってきて、律の濡れそぼった性器に触れた。

「っあ、ちょ、そこ、ダメ」

「ダメな感じしないけど……？」

いつのまにかもうすでに達していたのか、少しくにゃりとなった律のそれを愛おしい手つきで揉み込んでくる。深くまで挿入された理央のもので繋がっているから逃げられないのをいいことに、理央の手は意地悪く律のそれを扱き上げてくる。

「も、バカ、ダメだってのに、ぃ……」

「ん……ダメだね、すごい、ぬるぬる」

頷きながらも理央は手を止めない。それどころかもう片方の手が胸へと伸ばされる。

きゅっと乳首を摘まみ上げられ、先ほどのように先端をこすられて、重く甘い痺れが腰の奥にわだかまる。見下ろせば小さな粒は赤く充血してぷくりと腫れている。

「あ、ぁ、そんな摘まんだら、ちくびとれちゃう……」

「っ……ほんと、もう……」

息を荒げ、理央が首筋に噛みついてくる。ぞわぞわと快感が走り、律は身を固くする。こりこりと摘まれていた乳首が、今度は胸板に押し付けるように潰されて、じんじんと繋がった内奥が痙攣《けいれん》する。

もう理央は動いておらず、奥の奥まで挿入したまま、律をいじめて内襞が喰い締まるのをひたすら愉しんでいるようだ。

うず、うず、と腰が疼く。呑み込んだものが大きくてすごくて、気持ちよくてたまらないだけに
――動いてほしい。強く打ち付けて、わけがわからないくらいに自分の中を侵してほしい。

仰け反った身体をさらに反らして、振り向いて、律は理央にキスをねだった。苦しい姿勢が刺激となって、突き出した胸の先が余計につんと敏感に尖る。それを理央がこすり上げる。

全身が、潤むように快感に浸っている。

でもこのままでは甘すぎだ。もっと強く、激しく突き上げて中をぐちゃぐちゃにしてほしい。

ん、ん、と物足りない身体が欲情で勝手に揺れ、吐息を漏らす。

律はくちづけたまま「なあ」とねだった。身じろぎ程度しかできない腰を揺らし、りお、と呼びかける。甘い舌先を吸いながら、理央は、艶のあるため息を吐《つ》いた。

「律」

「ん」

「……好き」

囁かれた言葉に返事をするより先に、理央の手のひらの中で達してしまった。笑い含みの吐息が、かわいい、と呟くのが聞こえた瞬間、起き上がっていた身体が四つん這いに押し倒された。

理央の形に拓いた内襞から、ず、とそれが引き抜かれる。すべて出ていくその際まで抜かれた次の瞬間、剛直が最奥へと届く。喘《あえ》ぎが、口から溢れてしまった。

「んあ、っあ、っあっ、あ、っア」

「……ああ、いい、すごい、いい」

「ん、んっ、ん」

色のついた声が止まらない。理央の腰つきは激しくねっとりと責め立ててくる。ほんとに初めてなのかと思うくらい、甘く、いやらしく、律の内側の卑しい部分をぐり、ぐり、と突いてくる。

「んん、っんあ、あ、あッ」

「は……っ、ああ、……りつ」

「ぅ、ん、ん、んんん……」

「中、なんかもう、すごい……」

「ぅ、あ、あ、いい？　理央、いい？　俺、は、すごく、っきもちい……っ」

「ん、すごくいい、こんなの……ああ、くそ、もう、イきたくない」

なのに止まらない、と理央は腰を支える手に力を込めてくる。達したら終わるのがわかるからそうしたくないのに、負けるしかない強い快楽に引きずられて身体は激しく揺れてしまう。強く穿ち上げられ、揺さぶり上げられ、どうしようもないくらいに律は喘ぐ。

だんだんと言葉がなくなっていく。蕩けた卑猥な音だけが耳に甘い。はっ、はっ、はっ、と息が際限なく上がってゆく。

もう少しで頂点まで達する。抽送される腰がずんと重くなって、射精寸前の切なさで胸を掻きむしる。

「い、く、イく、いく……っ」

「俺も、もう、がまん、できな……」

「っん、い、い、ぃあ、っあ」

呻く声と共に繋がった場所を芯にして勝手に身体が仰け反り痙攣する。抽送が止まって、ひたすら熱く硬く感じるそれを自分が全身で味わうのがわかる。

「あふ、っい、いってる、イっ、てる、……ッ」

「ん、っだす、出す……から」

絞り出すような声に感じ、律は仰け反ったままぎゅうと強く中を締めつけた。

理央がぐっと奥まで剛直を突き入れて震える。途端、ぶわ、と熱いものが内側から溢れ、縁を濡らした。精液が、溢れてきた。浅く小さな呼吸で最後の一滴まで律の襞にすり込むみたいに理央がまだ吐精している。

――なか、あつい……。

身体が余韻でひくついたまま、なかなか内側が喰い締まるのが止まらない。背中にのしかかり脱力した理央が、肩甲骨の傷痕に唇を押し当ててきた。

「ずっと繋がってたいのに……」

どうしてイっちゃったんだろうと文句を言う理央がおかしくてかわいい。自分だって、同じ気持ちだ。もっとずっとずっと、繋がり合ってひとつになっていたかった。

でも。

「また、しよ」

今日しかできないことではない。

自分自身をもそう説得し、律はようやく快感に浸りきった身体をゆっくりと沼から引き上げることができた。

しばらくの間、身動きできずベッドでだらんと横たわりぼんやりしていた。

ふたりで布団に入ってから、一体どのくらいの時間が経ったのだろう。結構騒がしくしていたと思うが、猫たちは空気を読んでかまったく律の部屋には寄りつかなかった。賢くてありがたいことである。

汚れたシーツとその下の敷パッドを丸めて部屋の片隅にポイと置き、新しいシーツに替えて再びふたりは寝転がった。一緒にいると触れ合いたい気持ちは湧くけれど、とりあえず今夜のところはもうあの熱狂の時間は迎えないようにしようと思う。

「明日、何時に起きよう？」

「起きれた時間でいいんじゃないか？　なんか、のんびりしてたい」

こんなに疲れたのだから明日の起床は適当で、と律は宣言する。頷く理央は、そんな律の頭を腕枕中だ。

「俺も。律とずっと、のんびりしてたい」

甘く囁く吐息の理央が、律の髪をぱくぱくと唇で愛撫してくる。よく猫相手にやっている仕草なのに、胸がうずうずしてしまう。

「こら、俺はわらびじゃないぞ」

やめなさい、とその顔を軽く押し返すと、ほど近い位置から理央は、細めた目で律を見つめてきた。

「……なんだよ」

眼差しに含まれる甘い感情に照れてぞんざいな口をきくと、理央は肩を揺らして笑う。

「律の、何が好きかなって考えてたんだけど」

「そ……そういうこと、本人に言うなよ。意識したらその、理央のす……好きなとこっていうの、消えちゃうだろ」

「んー。意識できるかな？　教えてもどうせ律、意識するのは無理だから言っちゃおう」

「おい」

理央の腕の上で抗議の声を上げるも口は止められない。にこにこ楽しそうにしている男前は、

「俺が律の好きなところはね、ちょっと変なところ、いいよなって」

「変て……。なんだよそれ。俺、変なとこなんてないし」

「ほらね。言っても意識できないでしょ」

誇らしげに笑う理央が小憎らしい。だがそれで言ったら、理央だって結構変な奴だ。

「……俺だって、理央の変なところお気に入りだし」

「えっ。俺は変なところなんてないでしょ?!」

ぽそりと仕返しに呟いた律へ、理央が心底心外と文句を言ってくるのが可笑しい。要は自覚がないだけでお互い様ということらしい。

けれどそんなふうに相手のちょっと変なところが好きならば、いいところばかりが見えている人間関係よりも長続きしそうだ。壊れ物で繋がった関係は強いとでもいおうか。ちょっとそれは違うだろ、と自分の考えに突っ込みを入れつつも、今後も何か面白い部分、不思議な部分が判明しても、問題なく受け入れられそうな自分たちの在りように律は安堵する。

「今後とも、末永くよろしく……」

まだまだ先の長い人生を思い呟いた言葉には、多分に睡魔が含まれていたけれど、理央の耳にはちゃんと届いたようだった。

14

律の予定では、すっきりした朝を迎える予定だった。理央だってきっとそうだ。なのに、目覚めはスマホのコール音だった。

「おはよう律！　ねえ、婚約破棄しないって理央ちゃんが宣言してくれたんですって?!　私もう、雅美くんから聞いてそりゃあもう、どうして動画録ってくれなかったのって」

ブツ、と皆まで聞く前に律が通話を終了したとしても誰も咎めないだろう。現に隣の理央は、慌てたようにスマホをサイレントモードにしている。少なくとも今日くらいは、母たちの攻撃を無効化していたい。

目を見交わして共犯者の顔でふたりは頷き合った。

さて、改めて。

なんてすっきりした朝だろう。

色々悩んでいたことがひとつ解消しただけで人生こんなに順風満帆《じゅんぷうまんぱん》になるとは思わなかった。

それだけ理央の存在が大きくなっていたのか、元より律が悩み少なき人生を送っているだけなのか謎だけれど、ひとつだけ確かなのは、理央がいないと律の生活は味気ないものになるということだ。

ベッドの上で両手と両足に力を込め、ぐぐぐと大きく伸びをする。心が軽いと身体も軽い。

——朝ごはん、何にしよ。

薄暗い白い天井に、カーテンの隙間から入った光が一条の線を引いている。電話がかかってきたことを考え合わせると、もう結構な時間なのかもしれない。

となれば朝ごはんではなくブランチだ。食べたいものは当然変わる。何がいいだろうかと考えていると、不意に横合いから頬へ、ぺたりと手のひらが添わされた。

「律」

ドキリとする律へ、「何考えてるの？」と理央が尋ねてくる。

「朝飯じゃなくてブランチだなーって」

「ああ、メニューかあ。ブランチなら、そうだなあ。こないだのフレンチトーストにソーセージが付け合わせになってるの美味しかった」

「ああ、あれブランチ向きだよな」

たしか時短フレンチトーストレシピがあったはずだ。理央のリクエスト通りそれにしよう。

勢いよく布団を跳ねのけて起き上がると、十二月の空気に冷気の洗礼を受けた。せっかく起きたのに剝《は》いだ布団を引っ張り上げて、律はまた理央の隣に潜り込む。それを見た理央が楽しそうに笑う。

「よかった、律と一緒にいられて」

「……俺も」

「勝手にお別れなんか選ばなくて、ほんとによかった」

「は⁈」

てっきり思いが成就したことを嚙みしめた言葉と思いきや、聞き捨てならない選択肢が理央の中にあったことが判明した。

「律のことが好きって気がついたあと、こんな気持ちを隠して同居し続けるのはダメだと思って――」

それは、律も少し考えたことだ。自分の場合はバレなければいいだろうという結論に落ち着いたけれど、理央はどうしたのだろうと思ったら。

「もし別居したら融資はどうなるのかと思って松丸さんに相談したんだよね。そしたら、勝手に決めないで話をするべき、って言ってもらえて」

それで律に、話し合いたいという連絡を入れてきたのだという。

それはいい。とてもいいアドバイスだったよ松丸さん、と思うものの。

「理央……一体松丸さんにどこまで話したんだ……」

「え。もう、フェイクのことも、律を好きって気がついたことも全部？　あ、松丸さんから、自分はチャラ男じゃないですって律に伝言してくれって頼まれてたんだった」

「ほう……」

思わず仏の笑みを浮かべてしまった律は、その後の朝食の席で松丸と話したことをすべて白状させたうえで、恋愛相談する場合は相手を選びなさいとお説教したのであった。――まあ、理央父その人と気づかずにずっと恋愛相談していた律が言えた義理ではないのだが、それは内緒だ。


週が明けて月曜の十時過ぎ、松丸から連絡があった。審査が通ったので必要書類等を持って近いうちに契約書の記入に来てほしい、とのことだった。理央と予定を組み、水曜日に少し長めの昼休みを取って契約に向かうことになった。

前回同様に応接室に通されるが、コーヒーの他にお茶請けとしてショートケーキが出てきた。金を貸してもらう立場なのになあ、と律が生クリームの上に立つ苺《いちご》を眺めていると、

「こちらは僕からの心ばかりの祝福です！　ご賞味ください」

と松丸が親指の指紋を見せつけるようにサムズアップしてきた。それにしてもこのケーキ、審査が通ったことへのお祝いなのか、それ以外の事柄へのものなのか気になるところだ。

「ええと……先週は理央が色々お世話になったようで……」

「いえいえ、かわいいご相談でしたのでわたくしとしてもお役に立てたなら嬉しいです」

理央が洗いざらい自供したとは思っていないのか、朗らかに松丸が返事する。

多分この男に他意はない。ないとは思うのだが、理央から聞いた「会った時から理央を気に入っていた」の部分が大変気にかかる律である。

「本当に松丸さんにはお世話になりまして……それでですね、あのう、理央におっしゃったことはどのあたりまで本当なのかとお伺いしたく」

遠回しにしようとしてもならない探りを入れた律に、噴き出しかけてグッとこらえた松丸は、震える声で頷いた。

「そ、そりゃあ気になりますよね。なるでしょうとも。今後のお付き合いにも影響致しますし、はっきりとご説明致しますね」

こほん、と咳払いして松丸は朗らかに告げた。

「あれはそれっぽい空気を作るための嘘も方便というやつでして、僕はまったく、一切、まるっきり、沓名様に興味ないのでご安心を」

語尾にハートマークがつく勢いの快活さで、松丸が結構ひどいことを言う。というかこの物言い、「理央はタイプじゃないから安心してくれよ！」と告げた、カミングアウト時の律にそっくりだ。まさか理央は、告白もしてないのに松丸に振られた気分になっていないだろうなと、つい律は隣を気にしてしまう。

だが、しばし松丸を眺めていた理央は、ほーっと長く安堵のため息をついた。

「すごい……！　律にタイプじゃないって言われた時はものすごくモヤっとしたんですけど、今は全然気になりませんでした！　松丸さんはすごいですね……！」

どストレートにそれを口にしてしまう理央も充分すごいぞと、律は言葉なく理央を見つめてしまった。なんだろうこの、一ミリもあなたに興味ないです合戦。ふたりとも大変朗らかなせいで、はたで見ている理央の方がハラハラしてしまう。

そんな律と相反して、銀行員松丸は真顔のまま肩を震わせ始めた。最初は小刻みだった振動が徐々に大きくなって、とうとうテーブルに突っ伏すまでになる。一応、応接室で爆笑するのはまずいという理性が働いた結果の動きらしい。

やがて顔を上げた松丸は真面目くさった顔で「大変失礼しました」と軽く頭を下げた。

「いやあ、沓名様は本当に最高ですね……！　神楽坂様が楽しくお過ごしになれそうで僕は嬉しくてたまりません。おめでとうございます」

「あ……ありがとうございます」

松丸の祝福に、律は礼を告げる。思えば頑固親父が説得できなかった頃、審査前の調整で松丸とはわりと色々話し合った。それなりに気心も知れているし、律の幸せを喜んでくれているあたり、いい人ではあるのだ。チャラいけど。

「あ、できれば結婚式には僕も呼んでいただきたいです！」

なんて要望だって、理央の後押しをしてくれた功労者として大歓迎——、

「結婚式⁈」

つい声を上げてしまった。

いや、そりゃあ理央に逃げられないように強制的に結婚まで持ち込んでくれたらいいのにと、こっそり母たちの暴走を願いはしたものの、実際起こりうる将来として考えたら照れ臭くなった。

そんな、式なんてまだ考えられないですよ、と口の中でもそもそ呟く律の脇腹を、理央が肘でつついてくる。何やらすまなそうな顔だ。

「ごめん……言い忘れてたけど、融資の審査通って今日契約してくるって親たちに――あ、律のお母さんにも連絡したら、さっきグループトークで返信があったんだよね」

「え……なんて」

嫌な予感しかしない。大変、嫌な予感しかしない。なのに目の前に座る松丸は、ワクワクを隠しきれていない眼差しで理央の次なる言葉を待っている。

そうして満を持して理央が放った言葉は。

「融資されたならもう結婚確定でいいわよね、って。式場のキャンセルしなくていいからよかった、って」

「……式場？　予約？　してあったのかっ？」

いくらなんでも先走りすぎではないだろうか。まさか新居を賃貸したと同時に式場予約まで済ませたのか。母親たちを止める者が誰もいなかったことが恐ろしい。

呆れ返る律に、理央がさらに畳みかけてくる。

「あと父さんが、ふたりが式で着る服をオーダーで作る予約もしたので近いうちに採寸に行くように、って」

「うわあ……」

どこまで外堀を埋めるつもりだろう、あの母親たちは。堀なんかすっかり埋まりきって、城はすでに落ちている気がしなくもない。いや、本丸が理央だとしたら、それは律が陥落させた。逆だとしてもまた然りだ。

なんだか楽しくなってきた。

別に結婚が嫌なわけではない。式場予約も許容範囲だ。いきなり知らせてくるところが問題なだけである。

律の瞳が明るく笑っているのを見て取ったのか、理央もまた苦笑しつつも楽しげにしている。

——まあ、いいか、理央と一緒なら。

和む瞳で隣の男前を見遣って微笑み合う。

そんな律と理央を交互に眺めていた松丸の、「ご結婚おめでとうございます！」という気の早い祝福に、ふたりは「ありがとうございます」と声を揃え笑顔で応えたのだった。

こんにちは！　お読みくださった方々、ありがとうございます♪　切江《きりえ》真琴《まこと》です！

クロスノベルス様から出していただいた四冊目は、わたくしの大好きな「付き合ってないのに付き合ってるみたいなひとたち」です。私の心の声は、作中の理央《まさちか》パパのセリフに表れています。大変楽しく完成させたので、皆様にも面白く思っていただけていたら幸いです♪

そういえば現在大変お気に入りの、神出鬼没紳士・理央パパが、実は最初の段階では影も形もなかったんですよ……！　ひとりで理央が悩むより、反対勢力に立ち向かう方がよいのでは？　とアイデアをくださった担当様には感謝しかありません。書いてみたら反対勢力じゃなくなっちゃったんですが（笑）。

名前についてですが、攻めが名前を女子っぽく呼ばれるのが結構個人的にツボでして——私の個人サイト（http://sweet-b.flop.jp/）でも「真由《まさよし》」と書いて「まゆ」呼びされてる攻めがいます——今回の攻めも地の文を再読しているとき「りお」呼びしてました。読んでくださった方々もぜひお好きにお呼びくださいませ♪

あとがき

あとやはり外せないのは猫です！　みずかね先生のうるわしい絵柄で3にゃんが表紙に描かれていて、これはもう悶絶するしかないですね……！　にゃん柄についても詳しく確認してくださり、猫好き変態のわたくしとしては頬がやにさがりっぱなしです。かわいい……！　そんなかわいいにゃんを愛でるりおりつが、またかわいかっこよくて眼福であること限りなしです！

というわけで、わりと早いうちから恋心を自覚していた受けと、受けに出会うまで初恋を取っておいた攻め（物は言い様……）のいちゃいちゃ両片想いを楽しんでいただけたら嬉しいです！

CROSS NOVELSをお買い上げいただきありがとうございます。
この本を読んだご意見・ご感想をお寄せください。

〒110-8625 東京都台東区東上野2-8-7　笠倉出版社
CROSS NOVELS 編集部
「切江真琴先生」係／「みずかねりょう先生」係

CROSS NOVELS

神楽坂律は婚約破棄したくない!

著者
切江真琴

2022年9月23日　初版発行　検印廃止

発行者　笠倉伸夫
発行所　株式会社　笠倉出版社
〒110-8625　東京都台東区東上野2-8-7　笠倉ビル
[営業] TEL　0120-984-164
FAX 03-4355-1109
[編集] TEL　03-4355-1103
FAX 03-5846-3493
http://www.kasakura.co.jp/
振替口座　00130-9-75686
印刷　株式会社　光邦
装丁　コガモデザイン
ISBN 978-4-7730- 6348- 6
Printed in Japan